A Descoberta do Chocolate

CB063423

JAMES RUNCIE

A Descoberta do Chocolate

Tradução de
MÁRIO RIEDINGER SALGADO

EDITORA RECORD
RIO DE JANEIRO • SÃO PAULO
2004

CIP-Brasil. Catalogação-na-fonte
Sindicato Nacional dos Editores de Livros, RJ.

R892d   Runcie, James, 1959-
        A descoberta do chocolate / James Runcie; tradução de Mário
        Riedinger Salgado. – Rio de Janeiro: Record, 2004.
        256p.:

        Tradução de: The discovery of chocolate
        ISBN 85-01-06717-2

        1. Chocolate – História – Ficção. 2. México – História –
        Conquista, 1519-1590 – Ficção. 3. Romance inglês. I. Salgado,
        Mário Riedinger. II. Título.

                                CDD – 823
03-2791   CDU – 821.111-3

Título original norte-americano
THE DISCOVERY OF CHOCOLATE

Copyright © 2001 by James Runcie

Todos os direitos reservados. Proibida a reprodução, no todo ou em parte, através de quaisquer meios.

Direitos exclusivos de publicação em língua portuguesa
adquiridos pela
DISTRIBUIDORA RECORD DE SERVIÇOS DE IMPRENSA S.A.
Rua Argentina 171 – Rio de Janeiro, RJ – 20921-380 – Tel.: 2585-2000
que se reserva a propriedade literária desta tradução

Impresso no Brasil

ISBN 85-01-06717-2

PEDIDOS PELO REEMBOLSO POSTAL
Caixa Postal 23.052
Rio de Janeiro, RJ – 20922-970

EDITORA AFILIADA

Para Marilyn

I

Embora seja verdade que eu tenha sido considerado louco em muitas ocasiões nos últimos quinhentos anos, devo deixar claro logo no início desta história triste e extraordinária que fui lamentavelmente mal compreendido. O elixir da vida foi tomado com toda a inocência e meu cão nada tem a ver com isso.

Deixe-me explicar.

Tendo embarcado certa vez em uma aventura árdua e perigosa, fui condenado a vagar pelo mundo, incapaz de morrer. Perdi a pista de todos os meus amigos e parentes e fui separado da única mulher que amei. E embora possa parecer uma bênção a possibilidade de se viver para sempre e de experimentar prazeres sem fim, divertindo-se à vontade e vivendo sem juízo ou moral, na verdade esta é uma existência de interminável purgatório. Não consigo acreditar que isso ocorreu comigo, e só decidi contar a minha história para que outros que desejarem enganar a morte e viver este tipo de vida fiquem a par dos perigos envolvidos.

Meus problemas começaram aos vinte anos de idade, quando eu, Diego de Godoy, notário do imperador Carlos V, cruzei o Atlântico pela primeira vez em busca de fama e fortuna. Corria o ano de mil quinhentos e dezoito.

É claro que foi tudo por amor.

Isabella de Quintallina, uma jovem de dezesseis anos que, assim como eu, vivia em Sevilha, era senhora de minha alma. Embora nossos temperamentos parecessem combinar perfeitamente, minha falta de berço me deixava em considerável desvantagem e, após seis meses de corte ardente e prolongada, comecei a duvidar de que algum dia conseguiria conquistar o seu amor. Fiquei ainda mais desalentado quando Isabella me fez o seguinte desafio:

Para que nos uníssemos em matrimônio, eu teria de arriscar tudo o que possuía — todas as minhas perspectivas, toda a minha segurança e todo o meu futuro — em uma aventura audaciosa. Pediu-me que viajasse com os conquistadores e voltasse não só com ouro e riquezas, das quais dependeria nossa futura vida a dois, mas também com um presente que nenhum homem ou mulher tivesse recebido anteriormente, um verdadeiro tesouro secreto que só nós deveríamos compartilhar. Isabella ouvira dizer que no Novo Mundo o ouro e a prata podiam ser extraídos da terra em abundância. Pimenta, noz-moscada e cravos podiam ser colhidos em todas as estações; a canela era encontrada na casca das árvores; e estranhos insetos forneciam tintas vibrantes para tingir as suas sedas com o mais profundo escarlate. Ela estava certa de que eu encontraria uma prova de amor que fosse ao mesmo tempo espetacular e única, e disse que esperaria por mim durante dois anos, sem dar atenção a nenhum outro homem, até a chegada de seu décimo oitavo aniversário. Se eu tivesse êxito, Isabella jurava que seria minha; no entanto, se eu fracassasse, ela não teria escolha a não ser procurar outro homem, e nunca mais poderia me ver.

Dois anos! Aquilo era mais do que todo o tempo que nos conhecíamos.

O desespero se entranhou na própria tessitura de meu ser, e não creio que alguma vez tenha me sentido tão só. Minha doce mãe morrera quando eu era criança e meu pobre pai cego estava aflito demais para poder me aconselhar, com medo de que eu jamais voltasse daquela viagem.

Mas eu não tinha alternativa.

Deveria viver ou morrer por amor.

Após me presentear com o seu retrato em uma caixinha de prata, Isabella apiedou-se de minha sorte e deu-me seu animal de estimação, um galgo, para me servir de companhia durante a longa jornada. Lágrimas brotaram em seus olhos, o galgo ganiu e minha amada implorou-me que eu reconhecesse o sacrifício que fizera por mim, pedindo-me que acreditasse que tal generosidade certamente provava o seu amor, já que não havia nada no mundo que ela prezasse mais do que a devotada e incondicional lealdade de Pedro.

Isso foi extremamente constrangedor porque, na verdade, eu não queria o cão. Sempre detestei o modo como esses animais bajulam seus donos, mordem os calcanhares de estranhos, sujam os jardins e latem nos momentos mais inoportunos. Mas aquele jovem animal me foi entregue sem suspeitar que era a última coisa no mundo de que eu precisava. Em resumo, estava preso a ele, e só me restou declarar a Isabella que aquela era uma verdadeira prova de amor, e que voltaria com um prêmio equivalente.

E assim, após chorosa e prolongada despedida de meu pai, parti. Isabella atirou-se em meus braços, apertando os seios contra o meu peito, os cachos dourados caindo sobre meus ombros, e depois ficou observando do cais enquanto eu embarcava na caravela *Santa Gertrudis*. Gritos de *"A Dios, a Dios"* ergueram-se do navio, e a multidão berrava, *"Buen viaje, buen viaje"*. Lentamente, com terrível inevitabilidade, o navio começou a se afastar e a visão de minha amada desapareceu ao longe. Era como se estivéssemos sendo separados para sempre. Apertei o retrato de Isabella contra o peito e senti as lágrimas brotarem em meus olhos pesarosos. Tudo que eu conhecia fora deixado para trás na travessia do rio Guadalquivir e do mar, rumo às Américas.

Eu não conhecia a vida de marinheiro, e a instabilidade da viagem me desanimou, pois não havia um instante em que nosso barco estivesse tranqüilo ou que pudéssemos ficar em paz. Os mares calmos que encontramos no início da jornada foram perturbados por indesejáveis e violentadas rajadas de vento, e estranhas correntes empurraram o navio em direções que não pretendíamos seguir. As noites eram preenchidas pelo som assustador de objetos sendo arrastados, gemidos e rangidos que vinham lá de baixo, do casco. Cavalos relinchavam, porcos andavam em meio à palha e ratos passavam apressados ao nosso lado enquanto limpávamos o canhão, consertávamos as velas e lavávamos o convés.

Mas depois que passamos as Ilhas Canárias encontramos mar calmo e ventos favoráveis. Navegamos como num rio de água doce, pescando o brilhante dourado que comíamos todas as noites. Pedro corria pelo convés, e certa vez chegou a nadar no mar, os marinheiros encorajando-o, até ele perder a confiança e pedir para ser resgatado. É claro que coube a mim, como seu novo dono, mergulhar e salvá-lo. Não ousei imaginar a quantas braças ficava o fundo do oceano e quase me afoguei tentando trazê-lo para cima. Mas meu ato de piedade só serviu para que o galgo passasse a gostar ainda mais de mim. E seu amor de cão era tão envolvente que achei que jamais desfrutaria de um momento a sós pelo resto da vida.

Ele era uma permanente lembrança de Isabella, para quem todos os meus pensamentos voltavam, como pombos ao anoitecer. Todas as noites eu me deitava em minha rede com o retrato dela nas mãos e Pedro aos meus pés, e sonhava com as noites que passaria com minha amada em vez daquele seu maldito cão. Mesmo durante o dia eu me pegava a pensar em sua beleza, e certa vez fui advertido de que deveria me concentrar mais em minhas tarefas e deixar de sonhar acordado.

Esforcei-me para me concentrar em minhas obrigações, e fiquei surpreso ao descobrir que todo homem do mar deveria saber costurar. Embora aquilo me parecesse uma ocupação de efeminados, era uma tarefa realizada com muita seriedade. Logo descobri que os melhores recebiam rações extras, e a tarefa de remendar e fazer velas era considerada vital para o êxito de nossas empresas. Fui escalado para pegar velhas cordas e reutilizá-las para fazer escadas ou enfrechates, pelos quais nossos marinheiros podiam subir ao topo dos mastros. Posteriormente, passei muitas horas no convés envolvido nesse trabalho, mostrando-me tão bom na tarefa que logo fui escalado para fazer colhedores e estais.

Após sete semanas desembarcamos em Cuba.

Era a festa da Epifania de mil quinhentos e dezenove. Eu pensava que estivéssemos no inverno, mas o ar estava impregnado de doces aromas de tamarindos e jacarandás, hibiscos e buganvílias. Aquele era, de fato, um Novo Mundo.

No dia seguinte, ao meio-dia, conhecemos o governador das ilhas, Diego de Velázquez, um espanhol que já estava naquela terra havia cinco anos. Deu-nos as boas-vindas e informou-nos que nossa chegada era oportuna: havia uma expedição sendo organizada para descobrir novos territórios que partiria em algumas semanas, comandada por um tal Hernán Cortés.

De boa estatura, peito e ombros largos, cabelos compridos e claros, quase ruivo, e usando barba, Cortés não tinha paciência nem incertezas. Decidido a usar minhas habilidades como notário, pediu-me que registrasse por escrito todos os detalhes desta viagem às Américas, redigindo declarações, registrando confissões e enviando *relaciones* acuradas para a Espanha. Também me foi pedido que redigisse e proclamasse os votos de lealdade à rainha *doña* Juana e ao seu filho, o imperador Carlos V, feitos pelos *caciques* — ou líderes — dos reinos que certamente conquistaríamos.

E foi assim que em dez de fevereiro de mil quinhentos e dezenove, logo depois da missa, eu, Diego de Godoy, e meu cão hiperansioso, o galgo Pedro, embarcamos na caravela de velas latinas *San Sebastián* e começamos a navegar ao longo da costa de Yucatán na companhia de dez outros navios sob o comando do dito Cortés. Diego de Velázquez tentou impedir a viagem na última hora, questionando a legitimidade da autoridade de Cortés para colonizar outras terras sem o consentimento de sua majestade, mas nosso general não estava disposto a voltar atrás. A aventura começara e eu me encontrava na companhia de amigos de cujas habilidades minha vida iria depender dali por diante: Antônio de Villaroel, o porta-estandarte; Anton de Alaminos, o piloto; Aguilar, o intérprete; mestre Juan, o cirurgião; Andres Nuñez, o construtor de barcos; Alonso Yañez, o carpinteiro; além de outros trinta e dois besteiros, treze mosqueteiros, dez canhoneiros, seis arcabuzeiros, dois ferreiros, e, para nos entreter, Ortiz, o músico, e Juan, o harpista, de Valencia.

Hernán Cortés pode ter sido um comandante irascível, rápido para encontrar falhas em seus comandados, mas seu temperamento era abrandado por sua devotada companheira, *doña* Marina, filha de um cacique mexicano, que lhe fora dada na província de

Tabasco. Era uma mulher muito bonita, com longos cabelos negros, pele dourada e escuros olhos castanhos. *Doña* Marina tinha uma autoridade que lhe era natural. Também não se mostrava disposta a vestir um espartilho, preferindo roupas frouxas e reveladoras que caíam melhor em seu corpo, expondo áreas arredondadas de carne macia que eram a própria essência da tentação. Tinha um andar muito sensual: lento e elegante, o corpo arqueado para trás com os seios apontando para cima, como se estivesse acostumada a ser a pessoa mais bonita onde quer que fosse.

Devo confessar que a achei desconcertantemente atraente, e logo não conseguia deixar de pensar nela. Calma e cortês, *doña* Marina era alguém de quem eu precisava me aproximar, já que ela e Aguilar eram as únicas pessoas que podiam falar o náuatle nativo, e eu tinha certeza de que precisaria da ajuda dela se quisesse ter sucesso em minha busca.

Navegando ao longo da costa de Cempaola, fomos saudados amistosamente por cerca de quarenta indígenas em grandes canoas escavadas em troncos de árvores. Tinham orifícios nos lábios e nas orelhas, onde inseriam pedaços de ouro ou lazurita. Aquelas jóias brilhavam na luz, e tanto a sua nudez como a sua beleza me impressionaram. Gritavam: *"Lope luzio, lope luzio"*, e então emparelharam suas canoas com o nosso barco, oferecendo finas roupas de algodão, clavas de guerra, machados e colares.

Quando subiam a bordo, um deles tropeçou e deixou cair de seu fardo no mar algo que parecia ser um punhado de amêndoas marrons e secas, e ficou muito contrariado por causa disso. Ninguém conseguiu ver o que eram aqueles artigos, mas os outros começaram a se certificar de que não haviam feito o mesmo, procurando em seus fardos aqueles estranhos objetos negros, e contando-os nas mãos. O líder dos marinheiros então subiu a bordo com vários de seus oficiais e começou a apontar para a terra, como se estivesse encorajando os nossos a irem até lá. Após lançar âncoras, instalamos nosso acampamento no litoral, enquanto eu prossegui com Cortés e trinta soldados para nos encontrarmos com o cacique local, e para que eu começasse a escrever o relato de nossas aventuras.

O líder de Cempaola era a pessoa mais gorda que eu já vira. Tinha o peito nu, e uma enorme quantidade de carne transbordava de sua saia e suas sandálias, como se fosse um homem-montanha de gordura e ouro. Curvou-se para Cortés e ordenou que uma *petaca*, ou canastra, repleta de objetos dourados trabalhados — colares, braceletes, anéis, mantos e saias — fosse colocada diante de nós. Ninguém jamais vira tesouros assim; havia espelhos de granate, braceletes de lazurita, um capacete de mosaico manchado e uma manopla de pele de lobo. Só o baú certamente faria a fortuna de um homem, mas tomamos o cuidado de parecer indiferentes diante de nosso primeiro vislumbre de riquezas jamais sonhadas. O *cacique* então desdobrou dez fardos do mais puro linho branco, bordado com penas de ouro. Imediatamente pensei que podia fazer com aquilo o vestido mais glorioso para Isabella e o teria metido em minha sacola oferecendo meus bens insignificantes em troca se fosse um membro mais importante do grupo. Mas Cortés proibiu-nos de conversar com o *cacique*. Ele sozinho seria o mestre-de-cerimônias, dando-lhe contas de vidro verdes, bem como duas belas camisas holandesas e um comprido chapéu flamengo em troca daqueles tesouros.

Os cidadãos de Cempaola ficaram impressionados tanto com nossas armaduras quanto com nossa aparência, e perguntavam se viéramos do leste, já que, de acordo com a religião deles, o deus do quinto sol era esperado a qualquer momento. Éramos anjos ou mensageiros divinos?

Cortés falou aos cempaolanos sobre nossa crença cristã. Explicou que deviam aceitar nossa fé e limpar as suas almas de pecados, acreditando na promessa de nosso Salvador, Jesus Cristo, que fora enviado por Deus para nos redimir da morte e nos garantir vida eterna.

Bartolomé de Olmedo, o frei mercedário, ordenou que toda a cidade participasse da missa de Ação de Graças. Os cempaolanos ganharam novos nomes espanhóis e foram batizados numa enorme cerimônia à luz de velas. Oito meninas indígenas foram então dadas de presente aos capitães de nossos navios, que as levaram para um outro tipo de batismo.

Uma das meninas aproximou-se de mim e tocou minha barba (que deixara crescer para tentar ficar com uma aparência mais escura). Usava uma saia curta, mas tinha os seios nus, e enquanto acariciava meu rosto percebi como os meus braços estavam perto dos seios dela. Pareciam tão cheios e redondos, tão perfeitos e convidativos, que tive de me conter para não tocá-los. Sempre imaginei que meus pensamentos sobre Isabella permaneceriam puros e em primeiro plano na minha mente e, ao ver tão belas mulheres, fiquei um tanto surpreso de me encontrar tão rapidamente dominado pela paixão. Talvez eu tivesse um fraco pela beleza e a fidelidade não fosse uma de minhas características mais marcantes.

Procurei nosso frade e confessei que meus pensamentos haviam se tornado lascivos e depravados. Embora estivesse comprometido com Isabella, era difícil amar com fidelidade quando não podia mais ver o objeto de meu amor.

O frade respondeu que tal ânsia ardente pelo que não podemos ver deveria ser redirecionada para o amor e a promessa de eternidade oferecida por nosso Senhor e Salvador, Jesus Cristo. Eu devia permanecer firme e rejeitar as ciladas do demônio.

Isso era difícil, porque naquele momento várias mulheres indígenas inteiramente nuas começaram a brincar de pular carniça diante de nosso acampamento.

— Vê? — gritei. — Como evitar a tentação desta carne?

— Não se deve pensar nessas coisas — o frade respondeu com firmeza, recolhendo as mãos dentro do hábito.

— Mas o que devo fazer para abrandar meus pensamentos lascivos? — perguntei.

— Pense em Santa Agatha, que perdeu os seios em nome de nosso Senhor.

Lembrei-me subitamente de um retrato que vira em Sevilha, de uma mulher de cabelo escuro carregando uma bandeja de peras. *Aquilo* é o que eram.

— Você deve ter pensado um bocado em Santa Agatha — observei.

— Não me atormente — respondeu o padre, perturbado, remexendo as mãos nervosamente dentro do hábito. — É uma agonia diária.

Talvez ele tivesse uma coceira persistente, ou será que estava limpando a adaga?

— O que devemos fazer? — perguntei.

— Recorra ao Senhor — respondeu o frade, a voz esganiçada. — Apenas recorra ao Senhor.

Seu rosto estava vermelho, os olhos distantes.

Então suspirou.

Aquele homem não podia me ajudar.

Decidi procurar Pedro como consolo. Era para isso que serviam os cães, diziam-me. Oferecem lealdade inquestionável.

Após chamá-lo várias vezes, encontrei-me em uma pequena fazenda de perus. Ao lado, presos em uma pequena área, havia diversos cães sem pêlo. Pedro passou algum tempo mordendo os calcanhares deles, e então escolheu uma companheira para algo que só posso descrever como um prolongado ato de acasalamento.

Todos ao meu redor estavam envolvidos em atos de lascívia e bestialidade. Seria eu o único homem disposto a permanecer puro para a amada?

Depois de alguns dias, partimos para Tlaxcala. Esse povo ouvira dizer que estávamos a caminho, e logo ficou claro que não se convenceriam tão facilmente da nossa condição divina. Haviam jurado testar imediatamente nossa imortalidade matando o maior número possível de espanhóis, e seu líder Xicotenga informou-nos que sua idéia de paz era comer nossa carne e beber nosso sangue.

Fomos atacados com selvageria, e seguiu-se uma batalha sangrenta. Pedro ficou aterrorizado com o barulho, e eu nunca vira tamanha matança. Nossas forças mal conseguiam manter sua formação diante de aproximadamente quarenta mil guerreiros. Se não tivéssemos pólvora, com certeza teríamos sido derrotados.

Cortés enviou mensageiros para pedir passagem segura através daquele território, e ameaçou dizendo que, se não concordassem, seríamos obrigados a matar todo o povo. Exaustos com nossa bravura e temendo um novo ataque, os de Tlaxcala finalmente se renderam. Curvaram as cabeças, prostraram-se diante de Cortés e pediram clemência.

Naquela noite participamos de um grande banquete no qual comemos peru, bolos de milho, cerejas, laranjas, mangas e abacaxis servidos pelas mais belas mulheres. Após a refeição, os nativos de Tlaxcala nos mostraram seus tesouros, parte como presente, parte como objeto de troca. Havia mantos de penas, espelhos de obsidiana, medalhões de prata e bolsas enfeitadas que eu sabia que Isabella adoraria; saleiros de ouro, contas encravadas em ouro, tesouras de madeira, agulhas de costura, cordas, pentes, casacos, capas e vestidos. Havia dois vasos de alabastro repletos de pedras que deviam valer dois mil ducados, além de máscaras douradas, brincos, braceletes, colares e pingentes.

No entanto, nada vi que fosse suficientemente raro e exclusivo para assegurar meu amor.

Ao fim da cerimônia, o chefe Xicotenga disse a Cortés:

— Esta é minha filha. Ela é solteira e virgem. Deve levá-la e as suas amigas como esposas. Pois vocês são tão bons e tão corajosos que desejamos ser seus parentes.

Cortés respondeu dizendo-se muito honrado com o presente, mas que não poderia aceitá-lo uma vez que já era casado e não era costume de sua gente ter mais de uma esposa.

Então olhou para mim.

Aquela era, de fato, uma bela garota. Percebi que quanto mais ficássemos ali, mais difícil seria resistir à tentação. Já era difícil lembrar-me da voz de Isabella, o corte de seu cabelo, a luz em seus olhos ou o modo como andava. Era como se ela só existisse no retrato, enquanto aquelas mulheres eram vibrantes e vivas, cantando sob o céu noturno, fazendo fogueiras, carregando água e rindo alegremente.

Fazia muito tempo que eu não ouvia o riso de uma mulher.

Cortés trouxe-me a mulher.

— Tome-a — ordenou.

Não podia acreditar. Aquelas pessoas pareciam tão ansiosas por se verem livres de suas mulheres... Aquilo não podia estar certo. Como permanecer fiel?

Olhei para *doña* Marina.

— Faça o que ele disse — ela mandou.

— Mas Isabella... — aleguei —, minha noiva...

— É melhor se preparar para fazer amor com ela — prosseguiu. — E ninguém precisa ficar sabendo.

A garota me conduziu a um quarto escuro com uma cama baixa. Um fogo ardia a um canto, e havia pétalas de rosas espalhadas pelo chão.

Ela tirou a pele que a cobria e deitou-se, acenando para que eu fizesse o mesmo.

Não sabia o que fazer, mas comecei a tirar meu gibão. A garota puxou minhas calças e arrancou minhas meias.

Então apertou o corpo nu contra o meu.

E quando pousou os lábios sobre os meus, e senti os seios dela encostados na minha pele, meu corpo se excitou. Ela me puxou para mais perto. Seus mamilos se enrijeceram e ela começou a se mover debaixo de mim, puxando-me para dentro dela. Eu não sabia ao certo o que fazer, já que, devo confessar, era virgem, mas deixei que ela me sacolejasse para a frente e para trás. Fechei os olhos, imaginando que ela fosse Isabella, mas então eu os abri novamente para ver seus seios subindo e descendo. Seus olhos se arregalaram e ela me empurrou com força para dentro dela. Em poucos segundos cheguei ao auge da excitação e explodi como um tiro de canhão. Parecia que não podíamos estar mais próximos um do outro do que já estávamos, nosso suor e nossa carne unidos como em um único corpo. Durante alguns minutos permanecemos deitados, arfantes, recuperando o fôlego, até a garota me empurrar, vestir a saia e sair do quarto.

Acabara.

Eu não era mais um menino, e sim um homem.

Pedro entrou pela porta entreaberta. Cheirou-me, bastante insolente, pensei, e deitou-se para dormir. Comecei a me vestir e me preparei para me reunir aos outros homens.

Quando finalmente saí do quarto, ao lado de um Pedro cansado que me seguia com relutância, vi que meus companheiros esperavam por mim.

Doña Marina adiantou-se.

— Não demorou muito — disse ela, sorrindo.

Parecia que nada que eu fizesse seria segredo e que todos sabiam de meus negócios.

— Não tenho certeza... — comecei a dizer.

— Se ela era virgem? Espero que não... — disse *Doña* Marina.

— Não posso me casar com ela — eu disse com firmeza.

— Não precisa. Gostaria de vê-la novamente?

— Não — eu disse, mas então lembrei-me de seus seios encostados em mim. — Quanto tempo ficaremos aqui?

— Sete noites.

Doña Marina olhou-me, tomando meu silêncio como um consentimento.

— Eu a enviarei todas as noites.

Eu não sabia qual das duas emoções que dominavam meu corpo era a mais forte, se a culpa ou a excitação, mas sabia que falhara no primeiro teste de minha busca.

Nos sete dias seguintes começamos a planejar nossa aproximação da magnífica cidade do México, pois ouvíramos dizer que era ali que se encontrava o maior tesouro. Os nativos de Tlaxcala nos advertiram sobre o risco desta empresa, tão poucos éramos diante das forças daquela grande cidade. Mesmo se nos oferecessem paz, não devíamos acreditar em nenhuma das promessas feitas por seu chefe, Montezuma. Mas Cortés estava inflexível, argumentando que o objetivo de nossa jornada era chegar à cidade do México. Então perguntou aos nativos de Tlaxcala sobre o melhor caminho até a cidade.

Um vulcão erguia-se diante de nós, impedindo nosso avanço. Era o Popocatépetl, e o povo nativo admirou-se quando ele surgiu em meio às colinas, ameaçando cuspir rochas e lava em cima de tudo que o cercava. Nunca vira algo assim e decidi que aquele era o momento de testar minha coragem. Ofereci-me para subir ao topo do vulcão e descobrir a melhor rota possível.

Cortés gostou de minha bravura, dizendo que a perda da virgindade me dera coragem renovada, e permitiu-me fazer a escalada. Dois chefes do povoado vizinho de Huexotzinco seriam meus companheiros. Eles me avisaram que a terra poderia tremer, e que freqüentemente caíam do alto da montanha fogo, pedras e cinzas, matando tudo à sua passagem; mas eu estava decidido a enfrentar aquele desafio, não importando os perigos.

Foi uma subida difícil, e tivemos de parar várias vezes para recuperar o fôlego. O vento parecia aumentar à medida que subíamos, e o solo era irregular sob nossos pés. Pedro seguia adiante, seguro, apesar das rochas afiadas que se escondiam sob a neve. Em certos trechos, tínhamos de subir enfiando nossas mãos no gelo e no cascalho, mal ousando olhar para baixo.

Nunca estivera tão acima do nível do mar em minha vida, e uma estranha leveza apoderou-se de meu corpo, como se eu já não pertencesse a este mundo. Quanto mais alto subíamos, menores ficavam as coisas, assim como os acontecimentos de nossa vida recuam em nossa memória e são esquecidos. Assustado com a irregularidade do solo e com a possibilidade de cair, às vezes parecia que estava sonhando, e imaginei Isabella no topo do vulcão, como a Virgem Maria, vestida de branco, julgando minha infidelidade.

Quando nos aproximamos do pico o vento aumentou, e já não conseguíamos ouvir a voz dos outros. Mas então, olhando à distância, vi a cidade dourada do outro lado da planície, brilhando como uma nova Jerusalém na luz da tarde. Era como se eu estivesse ao mesmo tempo no paraíso e no inferno, e nenhum outro lugar importava.

O objetivo de minha viagem estava claro. Mesmo que eu ficasse cego naquele momento, ainda assim teria visto a mais grandiosa paisagem do mundo. Fizera o que nenhum homem de meu país fizera até então, e no fim de minha vida, quando as trevas se aproximassem, poderia dizer a qualquer um que perguntasse que eu, Diego de Godoy, notário do general Cortés, servo de nosso imperador Carlos, fui o primeiro espanhol a escalar o vulcão que guarda o México. Todas as estradas, todos os povoados e tudo que o olho podia perceber conduziam, através das colinas do Eliseu, àquela nobre cidade. Parecia flutuar sobre as águas, uma cascata de casas, cada uma com suas próprias ameias, cada uma com uma ponte para o vizinho. Ouvira pessoas falarem sobre a cidade de Veneza, mas esta certamente era muito mais bela, espalhando-se por uma imensidão interminável, iluminada pela luz celeste, convidando todos que a viam a atravessar a planície.

Não imaginava como alguém poderia conquistar um lugar como aquele, e compreendi então, em um instante, como todos os povos que a cercavam se submetiam à sua glória.

Ao ouvir-me falar sobre isso, Cortés ficou ainda mais disposto a partir no dia seguinte, dizendo aos de Tlaxcala que era vontade de Deus que ele continuasse. Isto foi no dia oito de novembro de mil quinhentos e dezenove. Tudo que fizéramos nesta jornada, e talvez em nossas vidas, levava àquele momento.

Quatro chefes se aproximaram, carregando um palanquim ornado de jóias, com um pálio de vibrantes penas verdes, decorado com ouro, prata e pérolas, e encimado por um diadema de turquesa. O interior era adornado com jóias azuis como safiras, sugerindo um céu estrelado. A figura no centro olhava para a frente, impassível. Servos varriam o caminho diante dele e ninguém ousava olhá-lo no rosto.

Era o grande Montezuma. Devia ter uns quarenta anos de idade, pele cor de azeitona e corpo delgado. Seu cabelo era mais castanho do que negro, e tinha uma barba bem aparada. Seus olhos eram belos; não posso determinar-lhes a cor, porém o que mais me surpreendeu foi a brandura de seus modos. Parecia afável apesar do poder que tinha, como se nunca tivesse sido obrigado a erguer a voz. Apoiado pelos braços de dois chefes, ele desceu e deu as boas-vindas ao general.

Cortés deu-lhe uma série de contas de vidro veneziano trabalhado, presas em um cordão de ouro e aromatizadas com almíscar. Montezuma curvou-se para recebê-las. Então tomou das mãos de um assistente um colar de caranguejos de ouro, fabulosamente ornamentados, e o pendurou no pescoço de nosso líder.

— São bem-vindos a esta cidade e ficarão hospedados na casa de meu pai — disse ele. — Esses homens indicarão o caminho, e meu povo ficará feliz de recebê-los. Descansem um pouco e depois venham jantar comigo esta noite.

Ele voltou ao palanquim e os serviçais o levaram..

Nunca víramos um homem assim, e começamos a falar entre nós, mas Cortés insistiu que ficássemos em silêncio, avisando que deveríamos ficar permanentemente alertas, para que não fôssemos vítimas de alguma armadilha.

Naquela noite, escrevi minha primeira carta.

Enviada a Sua Sagrada Majestade, o Imperador, nosso Soberano, por Diego de Godoy, notário de Don Hernán Cortés, capitão geral da Nova Espanha.

Mui Digníssimo, Poderoso e Católico Príncipe, Invencível Imperador e nosso Soberano,

A cidade do México tem cerca de oitenta mil casas, e consiste em duas ilhas principais, Tenochtitlán e Tlatelolco, ligadas ao continente por três pontes, cada uma com largura suficiente para permitir que dez cavaleiros cavalguem lado a lado. É quase impossível de atacar, já que há vãos nas pontes cobertos por passagens de madeira que podem ser removidas quando um inimigo se aproxima. Muitas pessoas vivem no lago, em jangadas, ou em pequenas ilhas artificiais onde criam vegetais: pimentas, tomates, abacate, mamão e maracujá. O lago é repleto de gente em pequenos barcos, pescando com redes, vendendo mercadorias ou pegando água fresca. Dois aquedutos levam água fresca para a cidade das fontes de Chapultepec, que se abrem em reservatórios onde há homens postados para encher os baldes daqueles que chegam em canoas.

A cidade tem muitas ruas largas de terra batida, e divide-se em quatro áreas: Lugar Onde Nascem as Flores, Lugar dos Deuses, Lugar das Garças e o Lugar dos Mosquitos. As casas são feitas de pedra, com um ou dois andares, cobertas de tetos planos feitos de telhas de madeira ou de palha colocada sobre traves horizontais. Os lares mais pobres são cabanas de um cômodo, sem chaminé ou janelas, e são feitas de tijolos de adobe sobre fundações de pedra ou de pau-a-pique, com telhados de sapê. Todo trajeto pela cidade é feito de barco ou canoa, e algumas ruas são inteiramente de água, de modo que as pessoas só podem sair de casa de barco.

O Palácio Central tem três pátios, mais de vinte entradas e portões, e cem banhos e casas de vapor, todas feitas sem pregos. As paredes são talhadas em mármore, jaspe, e outra pedra negra, com veios vermelhos como rubis. Os telhados são feitos de cedro, cipreste e pinheiro; os quartos são pintados e decorados com tecidos de algodão, pele de lebre e plumas. Dentro daquele palácio vivem mais de mil mulheres, servas e escravas. Os quartos dos soldados são deco-

rados com um luxuriante dossel dourado. Era tão magnífico que, mesmo que estivéssemos em uma prisão, muitos de nós gostariam de ficar ali para sempre. Na primeira noite que passamos na cidade houve uma tremenda celebração. É impossível listar todas as iguarias servidas: perus, faisões, javalis, galinhas, codornas, patos, pombos, lebres e coelhos. Parecia que tudo que se movia sobre a terra e podia ser comido fora posto diante de nós. Até mesmo ouvimos rumores de que havia carne humana entre as iguarias, e teria sido impossível dizer se era verdade, tão temperadas eram as receitas, e tão rica era a variedade de carnes. Havia gafanhotos com sálvia, e peixe com pimentas e tomates. Havia rãs com chile verde, veados com chile vermelho, tamales recheados com cogumelos, frutas, feijões, ovos, caracóis, girinos e salamandras. Pequenos braseiros de cerâmica ficavam ao lado de cada prato, e cerca de trezentas pessoas nos atendiam, e estas trouxeram tochas de seiva de pinho quando o céu começou a escurecer.

Montezuma sentou-se a uma mesa coberta com uma toalha só com Cortés ao seu lado. Ergueu-se uma tela para que ninguém pudesse vê-los comer, e havia provadores em cada canto, provando a comida antes de ser servida. Após a refeição, três tubos ricamente decorados, ou cachimbos, cheios de âmbar líquido e uma erva que chamavam de tabaco, foram postos diante deles. A tela foi retirada e Montezuma incentivou nosso líder a fumar e beber enquanto bufões e acrobatas, anões e músicos dançavam, pulavam e cantavam.

Em verdade, este é um lugar de maravilhas, outro mundo, e aconselho Sua Sagrada Majestade a enviar alguém confiável para fazer um inquérito e exame de tudo o que falei, de modo que seus reinos e domínios possam aumentar como seu Real Coração desejar.

Da cidade de Tenochtitlán, datado de quinze de novembro de mil quinhentos e dezenove, do servo e vassalo mui humilde de Sua Sagrada Majestade, que beija os pés e as mãos Reais de Sua Alteza — Diego de Godoy, notário de Hernán Cortés.

Falar mais sobre aquela noite teria sido informar sobre coisas que só dizem respeito a mim mesmo e que, estou certo, não eram da conta do imperador.

Contudo, aquela foi a noite em que minha vida mudou irrevogavelmente.

Cinco donzelas vestidas com túnicas de cor creme entraram na sala de banquete trazendo uma urna. Uma dessas mulheres me sorriu.

Nada podia fazer além de corresponder àquele olhar. Sua pele cor de azeitona e seu cabelo escuro pareciam brilhar à meia-luz.

Ela aproximou-se da urna, trouxe de lá um jarro e derramou um líquido marrom-escuro em minha taça.

Ao levar a bebida aos lábios, descobri que tinha um gosto agridoce, enriquecido, talvez, com chiles, e que não era possível discernir seu efeito completo com facilidade.

A mulher balançou a cabeça, encorajando-me a continuar. Ao beber novamente, aquele gosto estranhamente reconfortante começou a interferir em meu paladar, como se um único gole não fosse suficiente. Era um líquido que somente estimulava a vontade de continuar a bebê-lo, e passou a preencher todo o meu corpo com sua maciez, como se eu não precisasse mais temer a aflição do mundo; e que toda a ansiedade passaria.

Sorri para a mulher e fiz um gesto perguntando o que era aquilo. Ela respondeu com uma única palavra:

— *Cacahuatl*.

Quando ouviram isso, os soldados ao meu redor puseram-se a rir, brincando que eu bebera *caca* líquida, e que aquilo logo emergiria de meu corpo do modo como havia entrado.

Virei, pesaroso com sua vulgaridade. Eles não tinham experimentado a bebida. Eles não sentiram suas vidas mudarem de um momento para o outro.

Enquanto prosseguia a refeição, descobri que não conseguia pensar em outra coisa. Imaginei que tipo de vida tinha esta mulher e onde morava. Teria feito a bebida ou simplesmente a servia? Talvez pudesse aprender um pouco do idioma nativo para falar com ela. A bebida me fez ficar tão desejoso de bebê-la novamente que me perguntei se não seria algum tipo de remédio ou droga, tão cansado eu me sentia.

Ao me deitar em minha esteira naquela noite, sob um dossel de seda amarela, percebi que já não pensava em Isabella, mas somente na boca e nos olhos daquela mulher que me servira, saboreando a sensação de alívio e paz que me proporcionara. Caí num sono profundo e sonhei que aquela mulher se aproximava de mim, lenta e implacavelmente, e que eu não podia escapar. Eu me afastava mas não conseguia desviar os olhos dos dela, que continuava caminhando em minha direção. A voz de Isabella soou em minha mente, dizendo-me para que eu fugisse, que eu corresse dali e me metesse numa floresta. Virei-me e corri, mas me vi num pomar de figueiras, onde encontrei o canário de estimação de Isabella morto no chão. A mulher do *cacahuatl* olhava para o pássaro, e então disse em espanhol:

— *Voló golondrina* — a andorinha se foi, a oportunidade se perdeu.

O que aquilo queria dizer?

Despertei sobressaltado, muito perturbado com o sonho, e achei que era quase impossível voltar a dormir. Evidentemente, não teria descanso se não visse a mulher uma vez mais.

Na manhã seguinte começamos nossa exploração no mercado. Barracas abarrotadas de produtos exóticos e extraordinários espalhavam-se até onde a vista alcançava: roupas bordadas, capas e saias; sandálias de fibra de agave, peles de animais selvagens, algodões, sisal e cordas; roupas feitas de pele de pumas e jaguares, lontras, chacais, veados, texugos e gatos selvagens. Havia barracas que vendiam os mais finos temperos: sal e sálvia, canela, pimenta preta e anis; *mecaxochitl,* baunilha, noz-moscada e avelã; *achiote, chiles,* jasmins e âmbar-gris. Barracas de lenha e carvão espremiam-se ao lado das de comerciantes assando aves, raposas, perdizes, codornas, pombos, lebres, coelhos e galinhas grandes como pavões. Havia até armas de guerra postas à venda, enquanto seus donos afiavam pederneiras, cortavam flechas de longas ripas de madeira e martelavam machados de bronze, cobre e estanho. Havia facas de pederneira, espadas e escudos, tudo pronto para ser permutado, trocado ou vendido.

Havia trinta mil pessoas ali, cada uma em busca de novas delícias. O método de comprar e vender era o de trocar uma mercadoria por outra; dava-se uma galinha por um fardo de milho, outros ofereciam mantos em troca de sal. Mas tudo tinha preço, e como dinheiro usavam aquelas estranhas amêndoas marrons que vira um dos nativos deixar cair de sua canoa quando chegamos. Aquilo, disseram-nos, eram as sementes da árvore do cacau, e tinham muito valor. Com um grão comprava-se um tomate grande ou sapota; um abacate fresco valia três grãos, assim como um peixe, recém-preparado numa barraca e embrulhado em palha de milho. Um coelho pequeno custava trinta sementes, um bom peru podia custar cem, e um galo, o dobro do valor.

De outro canto do mercado vinha o cheiro de comida pronta: carne assada em diversos molhos, *tortillas* e saborosos *tamales,* bolos de milho, pratos de peixe ou tripa e sementes de cabaça tostadas, com sal ou mel.

Então eu vi a mulher que me servira na noite anterior, sentada em uma barraca, moendo cuidadosamente grãos de cacau numa mesa baixa de basalto. Fiquei assombrado, dando-me conta de que aquela bebida devia ser uma iguaria suprema, pois ela estava destruindo moeda corrente para criá-la. Se alguém descobrisse a origem daqueles grãos e a planta das quais se originavam, certamente encontraria uma fonte de grande riqueza.

Ao lado da mulher estava um homem que pensei ser pai dela, tostando sementes no fogo, empurrando-as para a frente e para trás com um abanador feito de junco. Depois ele as peneirou, retirou a casca, e colocou-as na mesa onde a mulher trabalhava.

Ali ela esmagava os grãos com um rolo, produzindo uma pasta grossa, marrom-escura, que depois era separada numa grande cabaça e entregue aos cuidados de uma segunda mulher, que então acrescentava um pouco de água.

A mulher pegou a polpa de uma semente de sapota e começou a moê-la, depois também acrescentou uma pequena quantidade de água, e passou-a para a segunda mulher.

Então ela pegou um pouco de milho, moeu-o em uma cuia e misturou-o do mesmo jeito, até que chegou o momento de combinar as três pastas, que foram batidas vigorosamente e receberam mais água.

Finalmente, a mulher sentou-se numa cadeira e, de grande altura, derramou a mistura de cacau, semente de sapota e milho numa vasilha maior, onde a mistura foi batida até virar um líquido espumante, despejado em uma cabaça ricamente decorada, que ela entregou-me para que eu o provasse.

Bebi a mistura forte, a espuma subindo à altura de meu nariz. Era uma bebida diferente, quase amarga, mais temperada do que a que bebera na noite anterior. Vasculhei minha sacola procurando um conjunto de sininhos que trouxera para trocar, e a mulher sorriu de um jeito tão convidativo que nada consegui fazer além de corresponder ao seu olhar.

Mas então aconteceu o desastre.

Aguilar, o intérprete, tentou afastar-me dali, argumentando que eu negligenciava os meus deveres entregando-me ao flerte. Disse que eu deveria ir ao encontro de Cortés imediatamente e fazer um relatório do que víramos.

— Qual o seu nome? — perguntei à mulher enquanto Aguilar tentava me tirar daquela promessa de paraíso.

Ela não entendeu, dizendo novamente o estranho nome daquela bebida, embora dessa vez tenha soado diferente:

— *Chocolatl.*

Apontei para o meu peito.

— Diego. Diego de Godoy.

Ela repetiu como se eu tivesse dois nomes de batismo.

— Diego Diego de Godoy.

— Diego — insisti, e então estiquei o braço e apontei para ela.

Ela pegou minha mão e pousou-a em seus seios.

— Quiauhxochitl.

— Quer dizer Chuva-Flor.

A esposa de Cortés apareceu ao meu lado.

— Você nunca vai conseguir pronunciar isso — disse secamente. — Chame-a de Ignácia.

— Em memória de Ignácio da Antióquia — acrescentou o padre que acompanhava *doña* Marina, olhando atentamente para a mulher. — *Ignis* quer dizer fogo em latim, você sabe. Você deve arder de amor ao Senhor.

— E de amor à sua criação... — acrescentou *doña* Marina com ironia, avaliando o corpo da mulher com olhos enviesados, quase competitivos.

Nossa paz fora quebrada.

— Ignácia — eu disse.

— Ignácia.

Ela sorriu e voltou ao trabalho, servindo Ortiz, o músico, que imediatamente passou a se insinuar para ela. Eu estava convencido de que ele recebeu o mesmo olhar que recebi quando cheguei à sua barraca, e uma segunda emoção violenta me dominou, enquanto, em um instante, eu passava da paixão incipiente ao ciúme absoluto. Eu nunca sentira tal volatilidade de coração e fiquei tão atormentado que poderia ter matado Ortiz ali mesmo.

— Vamos — disse *doña* Marina, tomando-me pelo braço. — Temos trabalho a fazer.

Perdido em meus pensamentos, atravessei pátios cheios de plantas cítricas e jasmineiros até chegarmos diante de um enorme templo. Era quadrado, feito de pedra, e erguia-se à altura de um disparo de besta. Cento e catorze degraus estendiam-se em direção a dois grandes altares, e sacerdotes com túnicas brancas subiam e desciam incessantemente as escadarias. Do topo podia-se ver toda a cidade, o lago e as três grandes pontes. Embora fosse uma das visões mais incríveis que havíamos testemunhado, até então, nada significava para mim.

Eu conhecera Ignácia.

Tentando escrever minhas cartas naquela noite, senti que nenhuma palavra saía de minha pena. Estava completamente dispersivo. Se isso era provocado pela paixão, pelo desejo ou pelo amor, eu não sabia; eu só sabia que não podia viver sem ver aquela mulher novamente, pois o que mais podia causar tal vazio em meu estômago e tamanha fúria em meu coração? Minha única esperança se concentrava em *doña* Marina. Teria de engolir o meu orgulho e confessar meu amor naquela mesma noite.

— Preciso ver a mulher que vende *chocolatl*. Tenho de descobrir onde ela mora — declarei com toda a coragem que consegui reunir.

— Claro que podemos trazê-la para você — ela respondeu de um jeito distraído.

Não queria que o fizessem à força.

— Não — respondi. — Gostaria de ver onde ela mora.

— Não seria seguro ir até lá. Você seria cercado por essa gente, correria perigo...

— Mas estamos cercados agora.

— O que quer dizer?

— Veja os muros que cercam nossos aposentos, as pontes, as passagens levadiças, e o lago que circunda esta cidade. São como os trançados de uma teia de aranha. Já estamos cercados, e não faz diferença estar preso aqui ou com minha senhora.

— Sua senhora? — *doña* Marina sorriu, mas então parou um instante, como se não tivesse se dado conta da importância de minha observação. Perdida em pensamentos, parecia ter abandonado a própria concentração.

— Tenho de vê-la — insisti. — Você me ajudará a falar com ela?

— Outra hora — disse *doña* Marina, parecendo perturbada. — Posso convocá-la, mas você não poderá visitá-la. Meu senhor proibiria isso. Você é necessário aqui. Fale comigo novamente se precisar de minha ajuda, mas não me peça para desobedecer ao nosso general.

Mais tarde naquela noite fui chamado por Cortés. Tinha medo tanto de sua presença quanto de seu temperamento, e fiquei bastante aliviado quando fui recebido com grande cortesia.

— Você me prestou um grande serviço, Diego.

— Eu, meu senhor?

— Também tenho consciência de que estamos isolados, separados até mesmo de nossos aliados de Tlaxcala. Meu principal conselheiro, Pedro de Alvarado, acha que devemos fazer um ataque surpresa e ver o que acontece em seguida, mas creio que precisamos ser mais cautelosos. *Doña* Marina deu-me um bom conselho, pois se você é capaz de ficar com sua senhora, sem medo ou dano e com grande prazer, seria muito melhor e mais seguro se o senhor Montezuma estivesse igualmente preso conosco. De modo que, eu o convidei a vir aqui esta noite, onde permanecerá como prisioneiro voluntário.

Aquele parecia ser um ato de inacreditável audácia, e não conseguia imaginar como explicaríamos isso ao povo mexicano, que certamente se rebelaria. Mas Cortés prosseguiu:

— Em homenagem ao nosso convidado, gostaria que você o guardasse. Eu lhe darei três soldados, e você deve ficar com ele e ocupar-lhe o tempo.

— O que posso fazer? Não sei o idioma dele.

— Eu lhe darei um intérprete.

E foi assim, incrivelmente, que passei as semanas seguintes sendo instruído no idioma náuatle pelo grande senhor Montezuma.

Ele foi tratado com absoluta civilidade, pois demos a impressão que estava em nossos aposentos por vontade própria, e que não havia motivo para qualquer mexicano duvidar que ele ainda era seu governante. Suas esposas e amantes tinham permissão para visitá-lo, e ele se comportou com a maior cortesia. Durante a tarde, eu o ensinava a jogar dados, e ele me contava a história de seu país de modo que eu pudesse escrever um relato completo sobre aquela cidade.

Certa noite ele chegou a me mostrar um aposento repleto de riquezas reunidas pelo seu pai. Continha a mais extraordinária coleção de máscaras, jóias, urnas, braceletes e peças de ouro. A um canto havia um grande vaso, e quando retirei a tampa descobri que estava repleto das mesmas sementes usadas na bebida que

Ignácia me dera. Segurei-as em minha mão, deixando-as cair por entre meus dedos.

— Cacau — explicou Montezuma.

Repeti a palavra.

Naquele quarto havia toda a fortuna de que um homem precisaria na vida. O grande chefe pôs um braço ao meu redor e me escoltou para fora do quarto, como se eu fosse um prisioneiro e ele o meu carcereiro. E quando nos sentamos para comer naquela noite, ele me perguntou quantas mulheres eu tinha.

Disse-lhe que era solteiro, mas que uma bela senhora esperava em casa pela minha volta.

Então perguntou se, agora que eu conhecera sua cidade, realmente desejava voltar à Espanha.

Admiti que não havia melhor lugar no mundo, e que poderia parecer loucura desejar voltar para casa, mas eu fizera uma promessa, e minha palavra estava sob fiança. Voltaria para Isabella em dois anos, levando comigo uma fortuna e um presente que nenhum outro homem poderia dar a ela, um símbolo, talvez até mesmo alguma coisa além da riqueza, algo tão esquivo e ilusório quanto o Santo Graal ou a madeira do pé da cruz de nosso Salvador.

Aquilo intrigou Montezuma, e ele disse que gostaria de me dar um broche, bracelete, colar ou cajado que nenhum homem jamais tivesse visto; objetos sagrados, talvez, da religião dele: cuias de sacrifício, adagas, estátuas, ou até mesmo os menores e mais delicados objetos, como uma salamandra incrustada de lápis-lazúli.

Sua generosidade e sua gentileza pareciam inesgotáveis, e achei difícil acreditar que aquele era o homem que tinha uma fama de crueldade e sacrifício que se espalhava por todas aquelas terras e mares. Fui obrigado a explicar que, embora grato por sua gentileza, certamente havia muitos soldados ali que esperavam levar esses objetos para a Espanha.

Ele então sugeriu me dar uma pequena habitação e uma canoa, e que eu poderia voltar à Espanha e trazer Isabella para viver ali comigo. Podíamos construir uma vida nova no México.

Pensei no modo como iríamos viver, e não consegui imaginar um mundo onde Isabella e Ignácia pudessem coexistir.

— Você acha — ele observou —, que nada que eu possa lhe dar o faria feliz.

Eu disse:

— Meu grande senhor. É porque estou distraído. Há uma mulher em seu serviço que prepara o que chamam de *chocolatl*. Se eu pudesse vê-la, a mulher que transforma seu dinheiro em bebida, então talvez eu possa levar isso quando voltar para casa e mostrar para minha senhora.

Ele riu ao me ouvir.

— É tudo o que deseja? Por que não se casa com a mulher? Eu a darei a você.

Expliquei que não acreditava que seres humanos pudessem ser negociados, e que as pessoas deviam se unir livremente, e não como animais a serem trocados com lucro.

— E como o mundo sobreviveria a isso? — perguntou Montezuma. — Tudo deve ser ordenado. Se todos fizéssemos o que queremos seria o caos. Até mesmo você deve ter um líder. Tanto devemos ser liderados como liderar.

— Mesmo em questões de amor?

— Creio que sim — insistiu. — É o melhor modo de evitar a disputa.

— Então o amor é uma forma de escravidão?

— Uma escravidão à qual nos candidatamos com prazer. O que quer que eu faça?

— Gostaria de ver a mulher que faz *chocolatl*. Queria ver onde colhe as sementes, e como ela vive.

— Eu mandarei buscá-la amanhã — afirmou. — Também lhe mostrarei a passagem secreta deste palácio.

— Uma passagem secreta? Então, por que não fugiu? — perguntei.

— Porque me diverte observar seu líder, que pensa que tem controle sobre mim. Quanto mais esforço ele faz para disfarçar meu aprisionamento ante meu povo, mais divertidos acho vocês todos...

— O que você fará?

— Não podem ficar aqui para sempre. Tenho certeza de que se cansarão de nós...

Não conseguia entender como um chefe tão poderoso podia parecer tão fraco e gentil. Parecia não ter mais poder algum, e que sua riqueza era um peso para ele. Seus olhos transmitiam grande tristeza, como se toda a riqueza do mundo não lhe pudesse trazer alegria, e percebi que, se havia uma emoção para descrever Montezuma, eu diria que ele era uma pessoa entediada. Estava brincando com a nossa presença porque aquilo o divertia, e ele não conseguia pensar numa pilhéria maior do que fazer-nos pensar que o havíamos conquistado.

No dia seguinte, um dos serviçais de Montezuma gesticulou indicando que Pedro e eu devíamos segui-lo. Eu não tinha certeza se estávamos indo para o norte, o sul, o leste ou o oeste enquanto caminhávamos por passagens subterrâneas, túneis e corredores sob o templo. Parecia haver uma segunda cidade no subsolo do México, repleta de depósitos, suprimentos e becos secretos nos quais o povo podia se esconder. Esse lugar só era conhecido pela corte de Montezuma. Sua tática fora concordar com todos os nossos desejos, dar-nos a ilusão de que controlávamos a cidade e se portar com absoluta gentileza. Então ele nos convenceria a recuar ou nos tornaria tão fracos e gordos que poderia lançar uma forte ofensiva contra nós, vindo de baixo, de cima, e de todos os lados. Ele só precisava do momento certo para atacar.

Emergindo do subsolo, o serviçal conduziu-me pelas ruas até a periferia da cidade e me deixou esperando na margem do lago. Fez sinal para que eu esperasse ali e partiu. Era um trecho da cidade onde eu jamais estivera, e tinha certeza de que jamais voltaria aos nossos aposentos sem ajuda.

O focinho de Pedro tremia de medo, e ele me olhava em busca de um conforto que eu sabia não poder proporcionar. Estávamos sozinhos com nosso destino.

Finalmente ouvi o som abafado de uma canoa baixa, e vi Ignácia, a que fazia *chocolatl,* indo em nossa direção. Ela encostou na margem do lago e acenou para que eu fosse até lá.

Sentei-me ao seu lado enquanto remava, os músculos de suas costas movendo-se para a frente e para trás, e imaginei o que o destino planejava para mim. Eu não podia deixar de observar como seu cabelo escuro caía sobre a sua pele cor de oliva. Não creio que jamais tivesse sentido tamanha excitação.

Acabamos chegando a um riacho raso, e abrimos caminho entre as *chinampas.* O ar estava repleto de sons de quetzals e tucanos. Mosquitos, moscas, abelhas e borboletas voejavam na tarde calma. As árvores eram tão bastas e sombreadas e havia tantos frutos acima de nossas cabeças que não precisávamos sair do barco para colher figos, cerejas, laranjas e limões. Pequenas construções de calcário ocultavam-se em meio à vegetação, e Ignácia apontou para um bosque de árvores de cacau baixas e sombreadas, nascendo sob árvores e legumes, seus grandes frutos brotando diretamente dos troncos negros. A terra no chão era grossa, macia e fértil, como se ninguém tivesse caminhado antes por aquelas florestas e as folhas de anos e de gerações tivessem caído e apodrecido, nutrindo gentilmente o solo para o crescimento de cada nova estação. Minha amada, pois era assim que eu a via então, levou o barco para a margem do canal, desembarcou de uma só vez, e estendeu a mão pedindo que eu lançasse a corda. Joguei-a para ela. Então ela pegou uma foice de prata e cortou uma das grandes vagens de uma das árvores. Após parti-la ao meio, ela estendeu a mão e me mostrou as sementes marrons sobre um véu macio e branco, como a placenta de uma criança.

Ignácia afastou a substância amanteigada e retirou seis sementes de cacau.

— Dinheiro gostoso — disse ela em minha própria língua, como se tivesse aprendido essas palavras só para mim, e fez um gesto para que eu a seguisse.

Logo me vi atravessando uma série de jardins sombreados, nos quais atravessamos caminhos estreitos margeados de flores silvestres, passando por lagoas de água fresca usadas para irrigar a plantação. Tentei pensar em Isabella, mas descobri que não conseguia. E nem queria, tão excitado estava, tão voraz era o meu desejo. Desculpando-me com o pensamento de que para outros soldados tais atividades não envolviam problemas de consciência, me consolei com o conhecimento de que, pelo menos naquele país, parecia normal que um homem tivesse mais de uma amada.

Finalmente chegamos a uma cabana pequena e isolada, oculta em meio à plantação. Do lado de fora, em um amplo espaço a céu aberto, havia bandejas de madeira repletas de sementes de cacau secando ao sol. Lá dentro, protegida do calor havia um catre, uma mesa, e jarros, de armazenamento com *chocolatl* seco. Havia também jarras, cabaças e vasilhas de cerâmica vermelha esmaltada, e Ignácia me fez entender que precisava de um pouco de água para preparar o *chocolatl*.

Bebi em um lago próximo à casa, refrescando o pescoço e a testa, sem saber se fora o calor da paixão que elevara minha temperatura.

Ao voltar, Ignácia me deu cada ingrediente para provar antes de incluí-lo na mistura, moendo noz-moscada, canela e pimenta negra, acrescentando chiles, anis e mel.

Ela bateu a pasta fazendo rodar rapidamente um batedor de prata entre as palmas das mãos.

— *Molinillo* — disse com um sorriso, enquanto a mistura começava a ficar espumante.

— Aquele que beber uma taça — disse ela em náuatle —, pode viajar um dia inteiro sem precisar beber mais nada.

Bebi e senti que não precisava provar mais nada na vida.

— Preciso apenas disso.

— Você parece cansado. Repouse.

Sua voz era tão misteriosa e quente quanto o *chocolatl*.

Então ela apontou para a cama.

Sentando-se ao meu lado, ela tirou minha jaqueta forrada de algodão e começou a esfregar uma espécie de manteiga em minha pele, um creme que ela tirava da vagem da árvore de cacau. Ela cobriu o meu corpo, espalhando o creme com movimentos largos, pressionando minha pele com força, e então soube que estava perdido, que não poderia escapar das delícias desta sedução, e entreguei-me a ela.

Ficamos na plantação durante cinco dias. Nesse tempo, bebi *chocolatl* misturado com mel, flores, anis, noz-moscada e até mesmo com *achiote*, que deixava a mistura quase vermelha. Sempre bebíamos da mesma cuia. Então dormíamos e brincávamos. Toda consciência parecia perdida.

Nos fundos da casa havia um quarto com vapor onde nos banhávamos, esfregando nossos corpos com galhos de árvores e chumaços de ervas, antes de nadarmos no lago e massagearmos um ao outro até secar. Estávamos meio-adormecidos, meio-despertos, tanto de dia quanto à noite, e ligados um ao outro como se nossos corpos nunca pudessem se separar.

Falávamos uma língua mista, parte náuatle, parte castelhano. Ignácia contou-me que sua família viera do extremo sul, de Chiapas, e que certamente voltariam para lá. Perguntei se podia ficar com ela, e Ignácia riu, dizendo que viéramos de mundos diferentes e só poderíamos continuar juntos se o mundo mudasse, ou se vivêssemos centenas de anos, ou se vivêssemos várias vidas, morrendo e voltando a nascer tão freqüentemente que seria inevitável nos encontrarmos, fosse neste mundo ou no próximo.

Ignácia passou um dia inteiro preparando um prato de peru com chile, baunilha, anis e *chocolatl*. Usou uma pequena faca de obsidiana, descascando cebolas, picando os chiles com movimentos rápidos, e moendo todos os ingredientes até transformá-los numa pasta, que passou a bater com o *molinillo* de prata. Esse instrumento parecia ser o segredo do preparo, enquanto arejava e batia a mistura ao mesmo tempo. Media uns trinta centímetros e tinha ferrões protuberantes, como uma arma em miniatura.

A água fervia em panelas sobre o fogo, o peru assava, e enquanto ela misturava amêndoas, passas e gergelim, me fez inalar cada tempero antes de incluí-lo em seu *mole poblano*. Tirou canela da casca de uma árvore que cheirava a outono após a chuva; quebrou as pétalas de anis estrelado e esfregou-as em meus dedos. Moemos cada tempero, e o cheiro de anis, canela e amêndoas espalhou-se diante de nós; depois, enquanto Ignácia derretia o *chocolatl* escuro, o ar encheu-se do aroma de cebolas, chile e cacau.

Eu nunca saboreara tais prazeres anteriormente. Desfrutávamos cada sabor a cada minuto que passávamos juntos, sendo gentis em nossa conversa e em nosso amor. Eu vira como os soldados podiam ser grosseiros, e como podiam tratar brutalmente tanto as mulheres quanto a si mesmos, e eu não desejava me comportar daquela forma. Enquanto explorávamos nossos corpos eu queria conhecer cada parte de Ignácia e fazê-la conhecer cada parte de mim. Às vezes eu me deitava sem me mexer e a deixava fazer o que quisesse, movendo-se e me beijando e me levando ao auge do prazer antes de me permitir fazer o mesmo com ela. Queria dar a Ignácia a mesma satisfação que me dava, e ela parecia praticamente insaciável em seu desejo; tanto que, ao fim dos cinco dias que passamos juntos, nossa reserva de manteiga de cacau estava quase no fim.

Pedro também nunca fora tão feliz, caçando coelhos e perus e fazendo grandes pilhagens no interior da plantação, e certa vez surgiu com um coelho que depositou aos pés de Ignácia, aparentemente pedindo que ela o preparasse para nós. Éramos como uma família. Pedro até parecia ansioso para aumentar nosso número, perseguindo implacavelmente uma cadela mexicana sem pêlos e permitindo-se um ato de acasalamento tão decidido que comecei a suspeitar que seu caráter era bem mais competitivo do que eu pensara a princípio.

Mas devo confessar que nem tudo era perfeito. Ignácia e eu não podíamos evitar a diferença em nossas vidas e em nossas expectativas. A conversa começou inocentemente, enquanto estávamos deitados à meia-luz e perguntei o que ela pensou quando viu pela primeira vez nossos soldados. Esperava que dissesse que não pudera deixar de admirar o brilho de nossas armaduras prateadas e a majestade de nosso porte.

Mas, pela primeira vez, vi uma inefável tristeza nela.

— Guerra — disse ela, simplesmente. — E morte.

— Não podemos ter vindo em paz?

— Quando nós temos tantas riquezas?
Olhou-me como se eu nada soubesse.
— Homens de pele clara, filhos do sol, o início da morte.
Argumentei, como me haviam dito mas já não acreditava mais, que viéramos trazer o amor de Cristo, que nos dera a vida eterna.
— Vocês vieram para destruir os nossos deuses e conseguir riquezas — ela rebateu rapidamente.
Tentei explicar que ali o ouro tinha o mesmo valor do nosso vidro, mas Ignácia não se deixou enganar.
— Não minta. Vocês querem tomar nossas terras.
— Este não é o propósito de nossas viagens.
— Então por que vieram?
Tentei pensar em todas as razões que nada tinham a ver com riqueza e conquistas.
— Para encontrar o Novo Mundo — afirmei.
— Mas este mundo não é novo para nós. É o mundo que temos.
Implorei:
— Não fale assim comigo. Eu sinto um grande amor por você...
— E eu por você, mas como esse amor pode sobreviver?
Não consegui responder. Ela beijou meus lábios e afastou-se dizendo apenas:
— Você tem uma esposa?
— Não.
— Você tem uma mulher que o ama.
Não pude refutar esta afirmação. Mas eu não sabia se Isabella realmente chegara a me amar.
— Espero que você seja minha amada.
— Não acredito em você.
Agarrei-a pelos ombros e a virei, obrigando-a a olhar em meus olhos.

— Neste momento, neste minuto, nesta hora, neste dia, não amo ninguém além de você.

Ela me olhou, incrédula.

— Você sabe como usar as palavras.

— Falo a verdade.

— Não acredito.

— Peça-me para provar o meu amor.

— Renuncie à sua gente.

Aconteceu de modo tão súbito e impossível.

— Sabe que não posso fazer isso; seria o mesmo que pedir a você que voltasse comigo para a Espanha, que deixasse sua terra, seu pai....

— Não pode fazê-lo?

— Não — eu disse. — Não posso.

Estava preso ao amor de Isabella; era um acordo do qual não podia me livrar sem vergonha ou escândalo.

— Então não pode me amar — disse Ignácia com simplicidade.

— Confie em mim — disse de todo o coração. — Serei sincero com você.

— Não vejo como seja possível...

— E não vejo como posso prová-lo.

— Jure... — disse ela.

— O que devo jurar?

— Que nunca me esquecerá, que sempre irá me amar. Jure.

— Em nome de quê?

— Em nome desse *chocolatl*...

Nunca a vira tão séria.

— Ame-me — ela disse, pegando minha mão, enquanto as chamas lambiam o fundo da panela de chocolate derretido.

— Eu sempre o amarei — ela disse. — E sempre me lembrarei deste dia.

Repeti as palavras dela, e seguramos nossas mãos sobre o fogo.

— Ponha a mão sobre a chama, e afaste o *chocotatl.*

Eu me inclinei e fiz isso, o calor queimando minha mão, a dor espalhando-se pelo corpo. Estava decidido a provar que eu podia fazer isso. O amor é o maior estímulo à bravura.

— Eu juro.

Ignácia deu um sorriso e eu tentei beijá-la, mas seus movimentos eram desanimados. Ela se afastou e deitou-se na esteira que tão recentemente consagráramos.

— Um dia — ela disse calmamente —, nós também seremos conquistadores. O que você diria se fôssemos para a sua terra e fizéssemos o que vocês fizeram conosco?

— Não poderia me alegrar com isso.

— Por que não?

— Porque mudariam a terra que eu amo.

Pensei nas glórias de Sevilha, em Isabella e seu pai, na praça e em nossas *fiestas*.

— E então, por que acha que estou triste agora? — perguntou, infeliz. — Não consegue ver? Vocês estão tomando a minha terra.

— Tentarei protegê-la.

— Contra tantos? Não há proteção na guerra.

Ela se virou, como se quisesse dormir, e pareceu que não haveria mais conversa entre nós dois. Comecei a acariciar as costas dela, mas Ignácia estava decidida. Eu sabia que ela ainda estava acordada, mas nada que eu pudesse fazer ou dizer iria tranqüilizá-la.

Ao despertar, dei-me conta de ter perdido toda a noção de tempo, e me descobri em estado de muita agitação. Estava ciente, talvez como nunca estivera antes, das responsabilidades que eu tinha: com meu general, meus colegas soldados, e comigo mesmo.

Eu abandonara meus deveres, não conseguia encontrar explicação para os meus atos e nem podia escrever sobre as coisas que vi e fiz, tão inadequadas ficariam num relatório para o rei. Minha única esperança era a argumentação de Montezuma, pois ele certamente me forneceria um álibi para Cortés. Talvez dissesse que eu estava listando o conteúdo de seu tesouro.

Disse para Ignácia que eu deveria partir imediatamente.

Ela me olhou com tristeza, e caminhamos até a canoa.

Eu não conseguia acreditar que aquilo terminara.

Ignácia puxou o barco para perto e eu embarquei com o coração pesaroso.

Quando emergimos da plantação, eu estava tomado não só pela iminente perda do amor mas também pela emoção e pelo medo da punição.

Ignácia tentou me consolar enquanto remava e nos afastávamos daquele breve momento de felicidade, como se ela se sentisse culpada pela nossa última conversa. Talvez juntos possamos conseguir a paz, argumentou. Se incentivássemos outros soldados a fazerem o que fizéramos, não haveria motivo para não nos estabelecermos e vivermos uma vida feliz juntos.

Mas eu sentia que estávamos voltando para um mundo de agressão e desespero tão inevitável quanto o ir e vir das marés. E quando saímos do estreito riacho da plantação e voltamos a navegar no grande lago, percebemos incêndios distantes iluminando o horizonte. As águas estavam repletas de gente fugindo da cidade em pequenas canoas. Conseguíamos ouvir os inconfundíveis sons de guerra à distância: ordens sendo dadas, retinir de espadas, mulheres berrando.

— Vê? — disse Ignácia, como se estivesse esperando por aquilo. — Os homens e a violência. Isso nunca vai acabar. Vocês amam isso mais do que amam a vida.

— Não é verdade. Não sou como os outros homens — afirmei.

— Você olha para isso e consegue dizer que não é verdade? Você não tem outra escolha além de ser homem. Não pode ser diferente.

Ela conduziu o barco até uma ponte.

— Abaixe a cabeça.

Manobrou o barco silenciosamente, emparelhando-o com o lado da ponte, de modo que ficamos ocultos sob a borda. Ignácia amarrou a embarcação e fez sinal para que eu a seguisse através do portão. Toda uma rua fora destruída, e eu podia ver nossos soldados fugindo com ídolos dos templos que profanaram.

— Vá agora — disse ela. — Volte para seu povo, assim como eu devo retornar para o meu.

Pedro saiu correndo pela rua na minha frente.

— Pare, Pedro, pare — gritei. Ele esperou numa esquina, mas estava impaciente para que eu me juntasse a ele. Era perigoso para nós três, e se nos vissem juntos, podíamos ser atacados por gente de ambos os lados.

Disse para Ignácia que eu não poderia viver sem a esperança de vê-la novamente.

— *Quien bien ama tarde olvida.* Quem bem ama demora a se esquecer... — disse Ignácia, e me beijou.

— Eu sempre a amarei — eu disse.

— E eu a você...

Então Ignácia me empurrou delicadamente. Olhei desesperado quando ela se virou e começou a correr, desaparecendo nas ruas distantes.

A noite caía. O pássaro da tarde que eu tanto amava desaparecera sob os gritos da guerra. Não tinha escolha a não ser correr pela cidade em busca da passagem secreta pela qual eu saíra. Os mexicanos erguiam as pontes retráteis que ligavam as casas às ruas, e muitos subiam aos telhados para atirar coisas contra os espanhóis lá embaixo. Colados às paredes dos prédios, caminhando pelas sombras, evitando avenidas expostas e ficando embaixo de varandas e parapeitos, corremos em movimentos abruptos e rápidos através da cidade, até que Pedro finalmente parou diante de uma porta de madeira nos fundos de um dos templos e começou a latir. Ao abrir a porta, vi a passagem. Os mexicanos pintavam as paredes com sangue e derrubavam a estátua de Nossa Senhora que colocáramos ali.

Pedro e eu entramos na caverna, iluminada por tochas e velas sob os rostos de deuses e demônios que encontrávamos pelo caminho. Aquele estranho submundo estava repleto de pessoas levando todas as armas, jóias e suprimentos armazenados nos quais podiam pôr as mãos, empilhando provisões em caixas como se estivessem tentando deixar a cidade. Tudo era pânico. Não conseguia pensar em outra coisa a não ser que os mexicanos haviam se rebelado, e que alguma calamidade acontecera com nosso líder.

Abrindo caminho até o tesouro, descobri que o espólio de Montezuma já fora dividido — e que nossos soldados estavam em meio a preparativos para partir. Enquanto eu me divertia na plantação, Cortés fora obrigado a voltar a Vera Cruz para defender nossa missão de um bando indisciplinado enviado de Cuba para mandar nossa expedição voltar e lucrar com aquilo eles mesmos. Ele deixara cento e cinqüenta homens na capital sob o comando de Pedro de Alvarado, que aproveitou a oportunidade para fazer o ataque de surpresa que ele sempre defendera, e se voltara contra os mexicanos assim que estes tentaram libertar Montezuma.

Cercado por esse caos, comecei a vasculhar o tesouro. O quinto do rei já fora separado e estava encaixotado, pronto para partir. O frade disse-me que Cortés reclamara um quinto para si, e que, após ser feita a partilha entre os capitães, cavaleiros e besteiros, nada sobrara para os soldados comuns. Naquele momento, devo confessar que fui dominado por uma cobiça frenética, vasculhando caixas, olhando dentro de arcas, afastando objetos, até que, num canto escuro, finalmente encontrei o vaso com sementes de cacau que reclamei para mim.

Eu descobrira o tesouro com o qual retornaria, e só eu, entre todos os meus companheiros conhecia o seu valor. Os outros soldados riram quando me viram carregar tal objeto, mas nada sabiam de seu conteúdo, e não podiam imaginar a glória que aquilo representaria quando eu o presenteasse à minha prometida.

Eu tivera êxito em minha busca.

Nossos capitães gritaram que devíamos fugir, pois defender nossa posição seria inútil, e nossa tarefa mais urgente era sair e retirar o tesouro que conseguíramos. Mas quando tentamos escapar, uns quatro mil soldados mexicanos nos atacaram.

No caos que se instalou, a cidade tornou-se um lugar de medo e desespero. Chovia muito, e nossos cavalos resvalavam nas lajes escorregadias da praça. Sangue e água corriam pelas ruas, e dezesseis de nossos homens foram mortos no primeiro ataque.

No inferno que se seguiu, Montezuma pediu calma e foi apedrejado até a morte pelo seu povo. Qualquer tentativa de restabelecer a ordem era inútil. Cortés voltou, mas não tinha escolha senão a retirada. Nossos cavalos avançavam, fugindo da cidade, enquanto os mexicanos em suas canoas atiravam em nós de todos os ângulos, decididos a não deixar nenhum de nós vivo. Quebraram trechos das pontes, de modo que fomos obrigados a lutar com o corpo dentro da água até o peito, e só podíamos prosseguir levantando nossos escudos, atacando com a maior brutalidade qualquer um que estivesse em nosso caminho. Foi uma noite de sangue e chuva, na qual nenhuma tática era eficaz, e o lago encheu-se lentamente de mortos, terríveis resultados das guerras.

Ao amanhecer conseguimos voltar para a cidade de Tlaxcala, onde passamos os vinte e dois dias seguintes, cauterizando nossos ferimentos com óleo e enrolando-os em algodão. Estávamos exaustos, e não tínhamos alternativa além de descansar, comer, tomar banho e aproveitar o tempo para nos recuperarmos.

Durante esse tempo, uma boa quantidade do ouro que armazenáramos fora roubado, e o que sobrara não podia ficar conosco sem se tornar motivo de perigo ou discussões. Cortés chamou-me e perguntou se eu poderia levar um grupo de homens de volta à Espanha com o tesouro, e pedir reforços.

Tinha de cumprir essas ordens, e a idéia de voltar para casa e para Isabella deveria encher-me de prazer e alívio, mas descobri que só conseguia pensar em Ignácia.

Precisava vê-la outra vez.

A idéia de viver sem ela era inconcebível.

Nas noites seguintes, fiquei pensando em um plano para vê-la outra vez. Se eu fosse rápido, poderia voltar antes do amanhecer sem que ninguém notasse a minha ausência.

Atravessando riachos sob as árvores ao anoitecer, eu sabia que qualquer tempo que tivéssemos juntos seria pouco, mas partir daquela terra e nunca mais ver Ignácia era algo que eu não podia tolerar. Pedro sondava o caminho à frente enquanto eu me arrastava entre a vegetação, até que finalmente chegamos à pequena cabana onde fôramos tão felizes.

Ignácia surgiu à porta, meio sonolenta, meio assustada.

— É você.

— Tinha de vê-la.

— Você está partindo.

— Tinha de vir me despedir.

— É como tem de ser. Há muito ouro. Muitos soldados.

Disse-lhe que, embora tivesse de obedecer a ordens, para mim era muito importante voltar a vê-la.

— Não acredito em você. Você nunca voltará.

— Você tem de acreditar em mim.

— Não, não. Apenas lembre-se de mim. Não é seguro ficar aqui. — Ela virou-se na direção da cabana e pegou uma cuia com sementes de seu melhor cacau *criollo*.

— Tome isso e pense em mim.

Nada tinha para dar em troca, nenhuma prova do meu amor. Era como se eu já não soubesse quem eu era.

Ela me olhou com tristeza.

— Certa vez, uma princesa foi deixada para guardar um tesouro secreto enquanto seu marido estava fora. Vieram soldados inimigos. Atacaram e a torturaram, mas ela não disse onde estava o tesouro.

— Isto não acontecerá com você...

— Então os soldados a mataram...

— Não.

— Nosso povo diz que o cacau brotou de seu sangue na terra.

Ela me deu a cuia com os grãos.

— O tesouro da fruta está em suas sementes; tão amargas quanto o sofrimento do amor, tão forte quanto a virtude, e vermelhas como o sangue.

Então ela me deu o *molinillo* de prata e disse:

— Vá em segurança.

— Voltarei.

— A cidade será destruída. Nada restará.

— O que você vai fazer?

— Irei para Chiapas. Se voltar, poderá me encontrar lá. Conheço aquela gente.

Olhei-a nos olhos.

— Esteja onde estiver, eu a encontrarei.

Ignácia tirou um bracelete de ouro e o prendeu no meu pulso. Era como se estivesse tirando tudo de si e dando para mim.

— O mundo é maior do que você pensa.

— Mas não é suficientemente grande para o nosso amor.

Tornara-me tão versado na arte da corte que agora, quando sentia mais do que jamais sentira, não conseguia descrever minhas emoções. Tudo que eu queria dizer parecia ter saído do *Libro de Buen Amor.*

— Você é tão loquaz... — ela disse.

— E tudo que digo é verdade. O que devo dizer para que acredite em mim?

— Que o amor nunca se cansa.

Olhou-me como se tivesse certeza de que nunca mais voltaria a me ver. Sua voz estava cheia da expectativa de desapontamento, agora confirmada.

— Não sou eu mesmo quando estou ao seu lado — eu disse suavemente —, pois você me transformou. Só tenho medo de que algo aconteça, algum desastre terrível capaz de impedir que nos vejamos novamente, e isso eu não poderia suportar...

— Não deve temer a morte. Um dia você saberá que só viemos para sonhar; só viemos para dormir. Esta é uma de nossas canções. Não é verdade, não é verdade que viemos para viver na terra...

Pedro latiu, me apressando para voltar ao barco, e eu me curvei para beijar Ignácia uma vez mais.

— Espere.. — ela parou e virou-se para apanhar um pequeno recipiente na cabana.

— Beba isto quando começar sua viagem para casa.

— O que é?

— Meu presente para você. Beba se realmente crê que nos amamos.

— É *chocolatl?*

— Há outros condimentos. Beba assim que deixar este país, e saiba que farei o mesmo.

— Vou beber agora.

— Não. É melhor para a nossa sorte que bebamos quando estivermos separados. Se planeja voltar, isso o ajudará.

— Voltarei. Prometo.

— Jura?

— Juro.

— Então confiemos um no outro. Se estiver vivo, eu estarei viva. Nunca deixe de me procurar.

Beijamo-nos como se fosse a última vez, como se não houvesse futuro além daquele momento e minha vida ficasse em suspenso até tornar a vê-la.

— *Quien bien ama tarde olvida.* Quem ama de verdade demora a esquecer...

Ignácia me abraçou.

— Repita.

— *Quien bien ama tarde olvida.*

Ela apoiou as mãos em meus ombros e me olhou nos olhos.

— Ame-me. Nunca me esqueça. Nunca duvide de mim.

— Eu sempre a amarei.

— Lembre-se de nosso amor, não importa quanto tempo estejamos separados.

Beijamo-nos até não suportarmos mais a dor.

Virei-me e corri, com Pedro à minha frente, pelo atalho até o barco que me esperava, lembrando-me da primeira vez que Ignácia me trouxera ali e de toda a alegria que compartilhamos. Não conseguia suportar aquilo. Desesperado para escapar do abismo entre a lembrança e a realidade, afastei-me da plantação para encontrar-me com meus colegas, ferido pela dor e pela perda, sabendo que toda a minha antiga alegria passara, e que não havia como evitar a terrível angústia que então me dominava.

No dia seguinte fui obrigado a voltar ao meu papel de conquistador. Não podia mais viver no mundo dos sonhos. Minhas responsabilidades eram claras. Deveria partir para o litoral com sessenta homens e começar os preparativos para a volta à Espanha. Ocupar-me com trabalho e deveres, ao que parecia, era o meio ideal de esquecer as dores do amor, e dediquei-me às minhas tarefas como um possesso, acreditando que quanto mais eu trabalhasse, mais dificilmente a amarga realidade me atingiria. Em Vera Cruz trabalhamos num ritmo frenético, preparando âncoras, velas, cordame, cabos e guinchos com tal zelo que em poucas semanas estávamos prontos para iniciar a viagem de voltar para casa.

Tentava lembrar-me de tudo que acontecera comigo, e pensei primeiramente na sorte que tivera, minha vida sendo poupada pela graça de Deus. Entretanto, por mais extraordinárias que tenham sido essas viagens, sentia que minha vida nunca mais seria tão encantadora. A lembrança de Ignácia invadiu minha consciência. As noites eram repletas de sonhos e recordações: o cheiro de seu cabelo, o gosto do *chocolatl* em seus lábios, a maciez de sua pele. Uma noite, sonhei que ela estava parada diante da cabana na clareira. Ela veio na minha direção, pegou minha mão e fomos para trás da cabana, onde Ignácia começou a cavar um buraco com uma colher de pedreiro, retirando dali uma caixinha de madeira.

Ela a abriu para que eu a admirasse, e vi que a caixa era revestida de prata e que estava cheia de sementes de cacau. Então ela começou a se afastar, carregando a caixa ainda aberta, e fui incapaz de segui-la. Ela se afastou até a margem de um lago distante, onde não podia me ouvir e mal conseguia me ver.

Então jogou o conteúdo da caixa no lago.

Estaria jogando fora o nosso amor? Ou estava sugerindo que eu me descartasse do meu presente para Isabella?

Meus sonhos tratavam da perda de nosso amor.

Ao procurar em minha mochila, encontrei a bebida que ela me dera, cheia de pimentas, *chocolatl* e chiles, e a bebi em grandes goles, como se fosse a última bebida que experimentaria na terra. Tinha um gosto estranhamente doce, como se houvesse algum ingrediente extra, talvez cardamomo, e desejei ter perguntado a Ignácia o que era aquilo. Muita coisa ficara por ser dita, tanta coisa mais deveríamos saber um sobre o outro.

Pedro lambeu o frasco, e ficamos olhando o mar. Pensando retrospectivamente enquanto escrevo, mal consigo me lembrar dessa viagem, tão adormecidos estavam os meus sentidos, tão perdido em sonhos eu ficara. Às vezes pegava o retrato de Isabella, tentando pensar na minha volta, mas descobri que nada poderia reviver minha afeição por ela. Eu me tornara um outro homem e ela certamente se tornara uma outra mulher.

II

Foi uma estranha volta ao lar. Meu pai morrera e eu tinha pouco em comum com os amigos que ficaram na cidade. Suas vidas pouco haviam mudado e eles não pareciam interessados em minhas viagens, preferindo manter as cruas experiências da guerra, da morte e das aventuras do lado de fora da corte.

Ao me aproximar da casa de Isabella fui dominado por uma depressão avassaladora. Não conseguia ver sentido em coisa alguma na minha vida, e o amor que eu tentava evocar desaparecera para sempre. Eu estava no lugar errado, na hora errada, e com a mulher errada.

Isabella era uma estranha pálida e delicada, como se nunca tivesse visto o sol ou caminhado ao ar livre. Ela estendeu-me a mão e eu me inclinei para beijar sua forma pequena e frágil, pensando que aquilo certamente era um sonho.

— Minha senhora...

— Você mudou muito — arriscou Isabella.

— Viajei muito.

— E está barbado?

A sobrancelha direita dela ergue-se em sinal de desprezo.

— É o costume dos marinheiros.

Pedro permaneceu no vão da porta, alerta, vigilante e imóvel. Após dois anos de ausência, ele não reconhecia mais Isabella. Ela o chamou, mas ele simplesmente deitou-se com a cabeça entre as patas. Mesmo depois que ela atravessou o quarto e o abraçou, Pedro permaneceu arredio.

— Parece que você corrompeu o meu cão.

— Ele viu muita violência, e aprendeu a temer estranhos — repliquei, entediado. Era como se todas as minhas emoções se tivessem esvaecido.

— Meu pobre Pedro.

— Pensei que você tivesse me dado seu cão.

— Ele será sempre o meu Pedro.

Seguiu-se um silêncio embaraçoso. Depois de todos os perigos da separação, Isabella e eu nada tínhamos a dizer um ao outro. Mesmo hoje, enquanto escrevo, não consigo entender como aqueles dois anos pareceram intermináveis para mim, e como foi rápida e imediata a desilusão quando nos reencontramos.

— Adoraria ouvi-lo falar de suas aventuras — ela disse finalmente. — Acreditei que você poderia morrer.

— Você fala como se quisesse isso.

— Apenas no sentido romântico.

Falávamos como estranhos recitando versos do *Romance de Durandarte* ou como atores de uma peça que receberam os papéis errados. Talvez ela me achasse rude porque, tendo visto tanto sofrimento, não era mais o jovem e frágil cavalheiro que ela conheceu; e eu me entristecia ao perceber que, embora eu tivesse mudado, Isabella não mudara em nada.

Entediado, tirei um lingote de ouro de minha mochila.

Isabella suspirou e estendeu a mão, que cedeu sob o peso.

— Este é o tesouro?

— É um presente, meu amor, mas o verdadeiro segredo virá a seguir...

— E onde o encontrarei?

— Se vier à minha casa...

Ela sentou-se por um momento e sorriu. Seu canário cantava lindamente do outro lado.

— O que é isso que tem no pulso? — perguntou com um tom acusador. Eu afastara o cabelo do rosto, e o bracelete que Ignácia me dera deslizou para a frente. Pela primeira vez, tive de me defender.

— Não é nada, minha senhora, é apenas uma bugiganga.

— Parece um símbolo de amor.

— Acredite-me, não é isso.

— Acho que é.

— É meramente medicinal. Evita a dor.

— Nunca ouvi falar numa coisa dessas. Dê-me isso.

— Não posso.

— Você me nega?

— Tenho de negar. Está preso ao meu pulso. Não pode ser retirado.

— Cortaria a mão por mim?

— Se o fizesse, não poderia mais defendê-la.

— Você a poria no fogo?

Pensei em Ignácia fazendo-me jurar sobre o *chocolatl*, e em como minhas palavras com Isabella não tinham a menor importância comparadas com as que dissera naquela ocasião.

— Incendiaria todo o meu corpo se achasse que assim obteria o seu amor — afirmei da maneira mais audaciosa que pude, sabendo que esses joguinhos retóricos de amor eram ridículos. Dependendo do tempo da corte, pode-se jurar lealdade até o Dia do Juízo. Eram divertimentos, sem sentimento ou paixão, e não conseguia acreditar que eu, que arriscara a minha vida e as de meus companheiros, agora vivia uma existência em que o maior medo de um homem era o de dar uma resposta inadequada a uma dama.

— Minha senhora, virá em busca do tesouro que prometi? Arriscará a vergonha das ruas e os perigos para me encontrar?

Eu estava enojado de mim mesmo.

— O verdadeiro prazer está em minha casa — prossegui. — Espero que vá me visitar.

— Sozinha? — perguntou.

— Só você deve ver.

Deveria me visitar sem dama de companhia.

Era evidente que restava pouco amor entre nós, e que aquela conversa transformara-se num jogo que ambos queríamos ganhar. Mas embora estivesse amedrontada com a ameaça à sua dignidade, Isabella fingiu não se importar que ficássemos a sós quando fizesse sua visita. Ela enfrentaria a possibilidade de escândalo e participaria de um encontro pelo qual esperáramos durante dois anos.

— Virei ao cair da noite e ficarei uma hora apenas. Você me acompanhará na volta para casa após ter visto meu tesouro? — disse, concordando.

— Pode contar comigo.

— Então vá preparar-se para a minha chegada.

Agora eu tinha o resto do dia para preparar *chocolatl* para Isabella pela primeira vez, e fui direto ao mercado. Caminhando entre barracas que vendiam tapetes e peles, bugigangas e jóias, melões e laranjas, não consegui deixar de pensar em Ignácia. Muitos dos temperos que preparáramos juntos na clareira não podiam ser encontrados, mas com bom mel e baunilha pensei que pelo menos seria possível fazer uma bebida semelhante à que ela preparara para mim. Usaria suas melhores sementes de cacau *criollo*, guardando o vaso de Montzuma para uso futuro, caso a receita fosse um sucesso.

Voltando aos meus aposentos no Barrio Santa Cruz, dispensei a empregada e o cozinheiro, decidido a ficar sozinho com Isabella.

Pedro seria nosso acompanhante.

Peguei as melhores sementes daquelas que Ignácia me dera e comecei a preparar a pasta, misturando o cacau moído com água e batendo vigorosamente com o *molinillo*.

Percebi que era a primeira vez que fazia aquilo sozinho.

A princípio, tal pensamento me divertiu, e depois me deixou num estado de pavor, pois logo ficou claro que eu não estava agindo corretamente. Eu fora muito precipitado ao dispensar o cozinheiro, e descobrir que era um tanto infeliz na cozinha. A pasta diante de mim tinha o mais amargo dos sabores e recusava-se a espumar; a mistura não pegava o ponto; e mesmo depois de acrescentar baunilha e mel, minha criação parecia absolutamente intragável.

Nesse momento Isabella chegou, bem antes do esperado.

Isso não era nada bom.

— O que você está fazendo? — perguntou.

Confessei que estava atrapalhado.

— Isso — eu disse apontando para a mistura diante de mim —, é a comida dos deuses.

— E como isso se chama?

Olhei para a pasta e murmurei:

— Caca... caca... caca...

Meus sentidos claramente haviam me abandonado. Ela olhou para a mistura marrom como se nunca tivesse sido tão insultada.

— É uma cola?

— Não. É uma bebida bastante incomum.

— Espera que eu beba isso?
— Ainda não está pronta. Não está perfeita.
— E este é o tesouro que nenhum homem conhece?
— Sim — eu disse, sorrindo com esperança.
Isabella olhou-me desconfiada.
Eu não sabia se ria ou chorava, pois esse era o mais terrível confronto ou a mais perfeita oportunidade de fugir de uma situação indesejável.
— É um tipo de bebida. a palavra *atl* quer dizer água no México — expliquei nervosamente, olhando para as chamas do fogo —, e *choco*, sim, *choco* quer dizer amargo. É um tipo de água amarga. Choco-atl: chocolate.
Isabella olhou-me como se eu fosse louco.
Comecei a fazer a mistura, espumar e peguei uma colher pequena.
— Experimente — ofereci, antes de me dar conta de que eu mesmo não a provara.
Isabella inclinou-se diante de mim e bebeu.
Uma expressão de pura revolta surgiu-lhe no rosto..
— Precisa melhorar um pouco. Não tenho todos os ingredientes — desculpei-me ao ver as contorções de seu rosto.
— Não posso acreditar que fez isso... — sua expressão era de ódio.
— É um grande tesouro — acrescentei.
— Você me insultou — ela disse.
— Não, Isabella, Não insultei.
Ela respirou profundamente, e então destilou o seu veneno.
— Estou feliz por ter vindo só, pois eu não sobreviveria à humilhação se isso fosse testemunhado por outra pessoa. Fui fiel a você, recusando propostas de Bernaldino Heredia e Francisco de la Cueva, ambos de boas famílias, e ambos bem-apessoados, para

acabar descobrindo que você voltou com o maior insulto já suportado por qualquer mulher desta cidade: uma bebida mais vil que o excremento do seu cão.

Ela caminhou para a porta, passando ligeira diante de um Pedro surpreso.

— É uma boa bebida. Só precisa de refinamento. Deixe-me vê-la uma outra vez — pedi desesperadamente.

— De hoje em diante, só me visitará com acompanhante, e só lhe concederei a cortesia habitual. Não tema; não vou desconsiderá-lo. Sou uma dama. Mas nunca esquecerei ou o perdoarei por este dia, e não espere mais os meus favores.

Estava tão nervoso que comecei a rir.

— Acha isso engraçado?

— Não — mas a situação era tão terrível que eu estava, de fato, louco para cair na gargalhada.

— Acha?

— Este é um bem que nenhum homem conhece. Completei minha busca — eu disse sorrindo.

— Não pode haver maior insulto. Pense apenas em como se redimir e reze ao Senhor no Céu para que, após um prolongado período de penitência e automortificação, ele o perdoe deste terrível pecado.

Em seguida ela se foi.

Nas semanas seguintes eu raramente saí de casa, preferindo ficar com minha empregada e minha cozinheira, Maria e Esperanza. Estava muito orgulhoso de mim mesmo e fiquei obcecado pelo desejo de transformar minha receita de chocolate em um sucesso.

Durante este período de reclusão comecei a aprender a arte de preparar comida à perfeição, até ser capaz de, sob o olhar atento de Esperanza, fazer algumas das mais finas iguarias que agradassem ao paladar espanhol: *tamales, tortillas* e *menudo*; *empanada de bacalao, seviche de camarones*, e *pollo al pibil*. Os temperos chegavam ao mercado trazidos do Oriente, das Índias e da África, e cheguei a me aventurar a recriar o molho mexicano chamado *mole poblano*, que Ignácia preparara para mim, recheando um peru com chocolate, chiles, temperos, passas e amêndoas, treinando para um futuro banquete. Além disso, com a correta adição de baunilha, açúcar e temperos bem dosados, a gema de um ovo e com uma impressionante desenvoltura com o *molinillo*, eu já conseguia fazer o que me parecia ser o chocolate perfeito para ser bebido.

Um dia, Esperanza convidou Sylvana, cozinheira de Isabella, para comer conosco. Aquela mulher gorda e mal-humorada ficou desconfiada a princípio, e achei que ela poderia complicar as coisas contando à sua senhora a respeito do meu plano, mas quando o chocolate começou a encantar seu paladar, seu rosto abriu-se no mais largo dos sorrisos, como se fosse uma criança a quem fora dada a chave de uma arca de tesouro secreta.

— Mesmo que nunca volte a provar esta delícia, morrerei uma mulher feliz — declarou. — Diga-me tudo o que sabe a respeito desse maravilhoso ingrediente. Isso irá mudar nossas vidas para sempre.

As duas mulheres decidiram que Isabella deveria ter uma segunda oportunidade de apreciar o que havia de melhor no chocolate. Juntas, e com minha ajuda, fariam um *mole poblano* para a festa de São Tiago, dia que seria celebrado com um banquete na casa da *duenna* de Isabella.

Ali, finalmente, estava a chance de recuperar minha dignidade.

As noites passavam e a ansiedade aumentava. Estava decidido a provar que eu completara a minha busca e que era um verdadeiro aventureiro, merecedor do respeito daqueles que pouco fizeram de suas vidas além de permanecer em Sevilha.

Eu era um Conquistador.

Isabella não me humilharia.

Quando finalmente chegou o dia, as cozinhas encheram-se de atividade, Maria e Esperanza juntaram-se a Sylvana para preparar um banquete para oitenta pessoas enquanto eu buscava provisões extras nos mercados. Amêndoas, chiles, azeite de oliva, baunilha, anis, passas e gergelim seriam misturados com o resto das sementes de cacau *criollo* que eu recebera de Ignácia. Seria um banquete dos deuses.

Além de supervisionar em segredo o preparo das comidas, eu também deveria ser um dos convidados. O pai de Isabella ignorava a turbulência de nossa relação. Contudo, quando chegou a hora de ocuparmos nossos lugares à mesa, descobri ter sido posto o mais longe possível de minha ex-amada. A desfeita era claramente intencional, pois me vi entre duas senhoras idosas de idades indefinidas, ambas aparentemente surdas.

Isabella sentava-se como uma princesa, friamente bela em um vestido de seda verde, os olhos meio ocultos por trás de um leque dourado, dividindo sua atenção entre um soldado alcoólatra e um tanto pardo e um jovem pálido que parecia um tocador de alaúde.

Isso me deixou mais determinado a respeito de minha vingança. O banquete fora anunciado como uma celebração pela conquista do Novo Mundo, e os convidados foram agraciados com uma seleção de iguarias que eu provara no México: melancias, galinha-d'angola, perdizes, codornas e bolos de milho; cerejas, peras, abacaxis e mangas. Os comensais foram surpreendidos com a variedade de coisas oferecidas, comentando cada prato, aliviados por terem algo a respeito do que falar, embora não dispostos a revelar suas verdadeiras opiniões naquela sociedade polida e contida. Ouvi minhas companheiras surdas falarem sobre as realizações de seus filhos e as possibilidades que rejeitaram no início de suas vidas: amores, dotes, viagem e ambição — tudo frustrado — até que o peru finalmente chegou à mesa.

Ali estava a comida que eu preparara, com um molho tão rico e escuro quanto o melado.

Observei Isabella provar a carne pela primeira vez. Parecia evitar o molho, empurrando o peru para o lado com os dentes do garfo. Concentrei-me inteiramente nela, como se devesse comer só pela força da minha vontade; e, quando ela finalmente pôs o peru e o *mole* na boca, seu rosto se contorceu em estranhas expressões, indo do medo e da repulsa até o indício de um prazer inenarrável.

O recinto finalmente se acalmou. Cada convidado estava encantado com o sabor do molho — a princípio macio e tranqüilizador, depois causticante, e finalmente explosivo na boca, suavizado pelo doce sabor do peru. Era, como disse um homem, a ambrosia original, um prato tão sedutor que todas as iguarias servidas antes pareciam comuns. Os convidados também não conseguiam falar, concentrados na comida, como se o molho fosse o perdido elixir do silêncio e do deleite.

Os minutos se passaram, e ainda parecia que os convidados de Isabella não conseguiam fazer nada a não ser apreciar o chocolate que então recobria suas línguas, oferecendo-lhes uma muda alegria.

Depois, e ainda em silêncio, os convidados recorreram ao vinho e à água, temerosos de que tais sabores familiares pudessem corromper seus paladares. Começaram a mastigar mais devagar, como se desejassem conservar e reverenciar cada bocado. A sala estava repleta de prazer. Talvez Isabella tivesse alguma vaga lembrança do gosto, pois ficou sentada como se estivesse se lembrando.

Finalmente, chamou um serviçal e sussurrou em seu ouvido. Ele pronunciou a palavra *"mole"*. Quando Isabella perguntou sobre os ingredientes, fixei meu olhar nela, e esperei ler nos lábios do serviçal a palavra *"chocolatl"*.

Instantaneamente ela ergueu o rosto e seus olhos encontraram os meus.

Deixou cair o guardanapo, mas o rapaz moreno o recolheu, como se todos que compareceram àquele banquete tivessem sido misteriosamente agraciados com os dons da gentileza e da cortesia. O tocador de alaúde murmurou, surpreso, incapaz de acreditar que pudesse haver alguma coisa que não fosse do agrado dela.

Isabella parou, perdida em pensamentos durante algum tempo, e voltou à refeição.

Eu obtivera a minha vitória. Tudo o que se ouvia no banquete eram suspiros de satisfação até que, um a um, os convidados pararam de comer.

O pai de Isabella mandou chamar Sylvana, a cozinheira. Quando ela entrou na sala, os convidados irromperam em aplausos.

— Faremos esta refeição, exatamente como a desfrutamos hoje, no mesmo dia, todos os anos, pelo resto de nossas vidas — disse o pai de Isabella.

— Todo ano? Toda semana! — gritou Gonzalo de Sandoval em meio a muitas risadas.

Sylvana olhou lentamente para os rostos voltados para ela, corou, e então irrompeu em lágrimas, como se estivessem debochando dela.

Levantei-me da mesa e fui atrás dela até a cozinha, onde ela se sentou, a cabeça entre as mãos, inconsolável.

— Como posso repetir tal banquete? Onde encontraremos os ingredientes? — gritou.

Assegurei-lhe que ainda possuíamos o vaso com as sementes que tirara do tesouro de Montezuma, e que tudo correria bem. Simplesmente precisávamos de tempo e paciência para arquitetar um plano.

Infelizmente, como acontece freqüentemente, nem Sylvana nem eu tínhamos o controle de nosso destino. No dia seguinte Isabella veio à minha casa, sozinha e sem ser anunciada.

Não perdeu tempo e foi direto ao assunto.

— Foi você.

— Não sei do que está falando.

— Por que fez isso?

— O quê?

— Você sabe. Não disfarce.

— Muito bem — respondi tão calmamente quanto possível. — Fiz aquilo apenas para provar a você que poderia fazê-lo. Para me mostrar digno de seu amor.

— Você subornou a cozinheira.

— Não fiz isso.

— Você deu-lhe os meios e ensinou-lhe a arte de fazer aquilo.

Agora eu me deliciava com a sua fúria.

— Sim.

— Não se fala de outra coisa em Barrio Santa Cruz. Ninguém consegue se esquecer daquilo; todos querem provar o prato novamente. Você tem poder sobre mim, porque não temos como reproduzir tal banquete sem apelarmos para a sua generosidade.

— A comida não pode ser feita sem sementes de cacau, eu confesso.

— Então me dê um pouco.

— Só tenho um pequeno estoque.

— Mostre-me.

— Muito bem. Mas se aceitar o presente, então terá de aceitar o meu amor.

É claro que eu não queria tal amor, particularmente agora que o tinha ao meu alcance. Queria vitória, perdão, dignidade e, talvez, é preciso confessar, embora tenha vergonha de admitir, a humilhação de Isabella.

— Mostre-me.

Peguei o vaso que tirara do tesouro de Montezuma.

— Aqui há sementes de cacau — eu disse. — Mais preciosas que ouro, porque ao beber o chocolate extraído delas você estará bebendo a sua própria fortuna.

— Este é o verdadeiro tesouro?

— Têm de ser mantidas no escuro, e bem escondidas.

Isabella mal conseguia conter a impaciência.

— Deixe-me ver.

— Este vaso foi lavado — prossegui, falando como um feiticeiro. — Ninguém o tocou além de mim. Você será a primeira e a última a ver essas sementes desde que foram postas no tesouro de Montezuma.

Removi o lacre.

Os olhos de Isabella brilharam.

— Posso tocá-las? — perguntou.

— É claro — respondi. — Leve trinta sementes esta noite. Sylvana sabe o que fazer.

Olhou-as como se fossem relíquias religiosas ou hóstias de missa.

— Certamente, algo que faz os homens se calarem quando sentem o seu sabor é um grande tesouro.

Eu nunca a vira tão perturbada.

— Este é realmente o meu presente? — ela perguntou.

Vitória.

Eu cumprira as condições de seu desafio.

— Leve as sementes. Minhas felicitações, minha admiração e meu mais profundo respeito por sua beleza acompanham estas sementes.

— Eu o maltratei, Diego.

— Não importa — afirmei, solene.

— Você tem o meu amor.

Se Isabella tivesse dito isso dois anos antes eu teria desmaiado. Agora nada significava.

Mas parei um momento, sabendo que uma vida de prazer e graça esperava por mim, caso eu a desejasse.

São estas as vantagens de ser rico.

— Venha visitar-me amanhã — continuou Isabella. — Levarei estas sementes para minha cozinheira, e provaremos esse elixir mais uma vez.

Ela estendeu a mão para que eu a beijasse.

— Adeus. Meu pai gostaria de vê-lo para discutirem o dote de casamento. Você foi bem-sucedido em sua busca.

E com estas palavras ela voltou à corte.

Maria e Esperanza estavam maravilhadas com minha vitória, e começaram a planejar sua mudança para a casa do duque.

O que eu fizera?

O medo dominou meu coração quando nos aproximamos da casa de Isabella no dia seguinte. Meus servos trajavam as roupas mais finas, e me instruíram a aparar a barba e a envergar a espada. Este seria o começo da minha nova vida na corte.

Tal pensamento não me deu prazer. Deveria ficar preso às expectativas da vida civilizada? Como eu poderia voltar ao México? A vida era agora um sonho no qual eu me afastava cada vez mais de Ignácia. O que eu estava fazendo?

Caminhamos até os portões da residência dos Quintallina e batemos corajosamente à porta.

Imaginem nossa surpresa, portanto, quando o porteiro nos encaminhou à entrada de serviço.

Ali, Sylvana esperava por nós.

— Impostores! — gritou. — Enganadores! Adulteradores! Patifes!

Ela pegou o vaso que eu dera a Isabella, ergueu-o acima de sua cabeça e com um grande ímpeto atirou-o no chão, quebrando-o em pedaços diante de nós.

Sementes de cacau rolaram pelo quintal.

Maria e Esperanza gritaram diante do desperdício, mas Sylvana gritou ainda mais.

— Criminosos!

Pedro correu e começou a farejar o cacau. Eu me agachei ao lado dele e imediatamente me surpreendi com a textura mais macia das sementes.

Pareciam rolha quebradiça.

Tentei partir uma semente em minha mão, mas não consegui. Será que estavam velhas?

Levei-a à boca e mordi. Tinha um gosto forte de barro seco. As sementes eram falsas.

Devem ter ficado intocadas no tesouro de Montezuma porque foram confiscadas como dinheiro falso. Por isso ninguém se importou quando peguei o vaso. As pessoas sabiam que eram falsas.

Eu fizera papel de bobo.

Minhas faces ficaram ruborizadas ao dar-me conta de que estava parecendo tolo ou mal-intencionado.

Pelas palavras de Sylvana compreendi que sua ama acreditava que eu havia feito com ela a mais cruel das maldades. Nunca mais poderia vê-la.

Minha vida em Sevilha terminara.

Voltei para casa para pensar no meu futuro.

Sem fortuna, chocolate ou noiva, agora tinha a liberdade e a desculpa para arriscar a vida nos mares e voltar ao México. Se Ignácia estivesse viva e ainda me amasse, então eu estaria cumprindo a promessa que fizera a ela, e até encontrando a felicidade. Do contrário, eu nada teria.

Mas era evidente que eu deveria arriscar tudo por amor. Era a única esperança que dava objetivo e sentido à minha vida.

III

Nada é capaz de exprimir o desespero que senti quando meus olhos deram com os escombros negros e fumegantes da grande cidade do México, suas torres destruídas, seu povo morto ou indigente. O vasto mercado estava vazio. A majestade da cidade desaparecera. As casas estavam abandonadas e os templos, destruídos; seus tesouros foram afogados no lago de modo que ninguém lucrasse com eles. Era como se Pedro e eu tivéssemos entrado num mundo abandonado. Ninguém que encontramos foi capaz de dizer o que acontecera ou se havia sobreviventes. Aquela era uma cidade-fantasma.

Encontramos uma canoa e com ela atravessamos *chinampas*, entre as árvores queimadas. Tudo o que antes fora bom e fértil estava destruído. Viajamos como num pesadelo, incapazes de evitar a sucessão de visões que nos aguardavam. Ao me aproximar do antigo abrigo onde eu vira Ignácia pela última vez, o desespero tomou conta de minha alma, um pavor e um medo da morte que, creio, até hoje não me deixou. Esperava pelo pior. Eu me odiava por pensar assim, e fiquei aterrorizado e com raiva de mim mesmo quando meus temores se confirmaram. Pois ali, à distância, divisei os escombros chamuscados da casa de adobe onde Ignácia e eu conhecêramos a felicidade apenas dois anos antes.

Com terror crescente, esquadrinhei a vegetação queimada até encontrar um pequeno monte de terra.

Meu coração se esvaziou.

Seria a tumba de Ignácia?

Pedro ganiu e começou a escavar a terra.

Se eu quisesse saber o que acontecera, teria de escavar o monte de terra e descobrir o que havia lá dentro, mesmo se aquilo significasse encontrar o cadáver de minha amada.

Estava aterrorizado com o perigo de tal conhecimento, mas sabia que minha vida não poderia continuar se não soubesse o que ocorrera. Encontrei alguns pedaços de madeira e comecei a escavar, como se Ignácia tivesse sido enterrada viva e precisássemos apenas afastar a terra para que ela voltasse a respirar.

— Meu Deus, deixe-a viver — rezei.

Escavando o solo, folhas, plantas e palha de cacau com uma urgência cada vez maior, finalmente vimos a ponta de uma túnica branca sob a terra.

Esmagado pela dor, não consegui continuar a escavar e comecei a recobrir o buraco, como se nunca tivesse tido a idéia de revolvê-lo, tentando desesperadamente enterrar a lembrança daquela descoberta, como se minha curiosidade inicial nunca tivesse ocorrido e nada daquilo estivesse acontecendo comigo. Completamente desorientado, minha cabeça cheia de dor e confusão, queria sair correndo, estar em qualquer lugar menos ali, mas senti que não conseguia me mover. Minha vida ficou em suspenso.

Ajoelhei-me ao lado da cova, com Pedro ao meu lado, e chorei.

Meu povo fizera aquilo.

Meu povo matara a mulher que eu amava.

Era como se tudo o que eu quisesse na vida, tudo em que eu acreditava, não tivesse mais sentido. E quanto mais eu pensava em meu desamparo diante de uma história que eu não poderia mudar, mais furioso eu ficava, perdendo a fé na justiça, num criador divino e no poder do homem de moldar qualquer destino.

Ao anoitecer, Pedro e eu nos deitamos no chão e dormimos como sentinelas ao lado da tumba de Ignácia. Ficaríamos ali, silenciosamente consternados, até nos recuperarmos. Embora nossas bocas estivessem secas e nossos estômagos vazios, não podia comer nem beber.

Não conseguia me imaginar em qualquer outro lugar do mundo.

Na manhã seguinte, cobri o monte de terra com flores de jacarandá, rezando pela reencarnação da alma de Ignácia.

Pelo menos tentaríamos honrar a sua memória.

Ficamos ao lado da tumba durante horas. Talvez a noite tenha caído e o sol surgido, mas eu não tinha qualquer sensação de dia ou noite, vida ou morte, energia ou exaustão. Estava vazio, incapaz de me mover até ficar claro que nossas vidas não podiam continuar assim; que deveríamos tentar suportar a perda, mesmo se aquilo significasse uma existência de dor sem alívio.

Ergui uma pilha de pedras ao redor da tumba de Ignácia, e entalhei as palavras que ela me dissera numa casca de árvore: *Quien bien ama tarde olvida*. Quem ama de verdade demora a esquecer.

Então Pedro e eu fomos embora da plantação como fizéramos muitos meses antes, lenta e relutantemente, nossos passos irregulares e sem propósito, afastando-nos, trôpegos, do lugar que vira a maior felicidade e também a maior desgraça de nossas vidas.

Voltamos a Tlaxcala. Ali, procurei pessoas que tivessem participado da campanha mexicana e perguntei se conheciam alguém que tivesse sobrevivido ao cerco da cidade e à batalha por sua conquista, de modo que pudéssemos saber o que acontecera.

O *cacique* disse que vira grupos fugirem da cidade e indo para o sul, até Chiapas, para procurar aliados, velhos ou novos, e para reconstruir suas vidas. Após uma série de refeições e conversas, contei ao homem o motivo de minhas viagens e de meu amor por Ignácia.

Meu discurso tornava-se cada vez mais desesperado de dor, e imaginei que, quanto mais falasse, maior poderia ser a possibilidade de Ignácia estar viva, como se, ao falar sobre ela, eu pudesse forçá-la a voltar à vida; que ela pudesse estar viva, palpável, uma vez mais, porque minha lembrança dela era tão forte. Talvez a cova não fosse dela, talvez pudesse encontrá-la novamente, talvez ela estivesse viva.

Achei que estava louco de tristeza.

O chefe apiedou-se de mim, manifestou grande simpatia pela minha perda, e ofereceu-me outra esposa, para substituir Ignácia.

Disse-lhe que só queria Ignácia. Não podia amar nenhuma outra, só ela.

O *cacique* parecia quase divertido com minha lealdade e olhou para Pedro.

— Um homem, uma mulher, um cão.

— É tudo de que preciso para ser feliz — respondi.

— Quer felicidade? — ele perguntou, incrédulo.

— Não espero. Eu simplesmente a procuro.

Parecia não haver escolha a não ser lançar a sorte ao vento e ir para a terra de Ignácia, Chiapas. Talvez seus parentes sobreviventes pudessem me dizer o que acontecera. Talvez nos deixassem viver por amor à memória dela.

Fora da cidade, a terra parecia tão vasta quanto o mar, e Pedro e eu nos vimos perdidos entre planícies e montanhas, sóis e luas, meios-dias e meias-noites. Devíamos parecer figuras tão pequenas à deriva na grandiosidade de uma paisagem infinita e hostil. Os raios do sol eram quase intoleráveis, nossa sede era insaciável, e a cada dia eu tinha de fazer bandagens para as patas de Pedro, de modo que o calor da areia não as queimasse.

Fazíamos fogueiras à noite, cozinhando refeições simples quando podíamos, e nos encolhíamos juntos para nos protegermos do frio e de nosso medo do futuro. Dormíamos no descampado sob as estrelas. O calor da fogueira fazia-me sonhar com chamas. Eu me via atravessando uma série interminável de corredores num grande palácio, todos se abrindo para vastas paisagens, mas todas em chamas, impenetráveis, um labirinto de avenidas nas quais Ignácia aparecia ao longe, sempre inalcançável.

Pedro e eu sofremos dias e noites de medo e solidão, sem saber se aquilo era sonho ou realidade, sempre dependendo da generosidade de estranhos.

A viagem durou uma eternidade.

Não posso dizer com exatidão por quantos dias e anos andamos por entre florestas de pinheiros, passando pela sentinela de pedra de Atlantes de Tula, seguindo o curso de lagos e cataratas e atravessando serras áridas até subirmos as montanhas e, finalmente, chegarmos à Chiapas de Ignácia.

Ao me aproximar de um homem que bebia água em uma fonte, perguntei no idioma nativo onde poderia encontrar alojamento. Após admirar Pedro, ele nos levou até uma sólida casa de tijolos em uma rua estreita e nos apresentou a uma mulher chamada *doña* Tita. Ela morava em uma casa ocupada só por mulheres. Logo descobri que vendiam seus favores por dinheiro (de meus tempos de soldado, lembro-me de uma mulher que cobrara cem sementes de cacau em troca de seu prazer).

Doña Tita provou ser uma senhora tão sensual quanto sábia. Também tinha uma grande afeição por cães. Apiedando-se de mim e vendo que eu era um homem educado, informou-me que eu poderia ficar hospedado ali de graça caso ensinasse ao seu filho rudimentos de latim e a deixasse levar Pedro para passear todas as tardes. Concordei com isso alegremente, e embora seu filho fosse uma criança teimosa de oito anos de idade, vi que poderia haver vantagens em ficar naquele lugar enquanto procurava algum vestígio da família de Ignácia.

Naquela noite, perguntei às mulheres da casa se conheciam alguém que tivesse chegado no último ano da cidade do México, pois eu conhecera uma mulher de grande beleza, lá chamada de Ignácia ou de Quiauhxochitl. Talvez eu não tenha me expressado claramente, mas *doña* Tita e as mulheres da casa pareceram confusas com minhas perguntas. Disseram que não conheciam ninguém com aquele nome, mas tantas pessoas chegavam de tantos lugares que era impossível conhecer todo mundo.

Então informei que, se ela ou algum de seus parentes tivesse chegado ali, teria sido depois do sítio do México.

Quando ouviram isso as mulheres pararam e se entreolharam.

— Mas isso foi há muito tempo — disse *doña* Tita.

— Não, não — disse eu. — Não chega a fazer dois anos.

As mulheres começaram a rir e a balançar as cabeças.

— Você é esquisito. Talvez tenha adoecido depois de tanto viajar. Não há nenhuma mulher chamada Ignácia ou Quiauhxochitl aqui...

Eu de fato me sentia tonto.

Teria viajado tanto para me decepcionar?

Naquela noite, *doña* Tita veio até o meu quarto e perguntou se eu precisava de mais alguma coisa. As meninas da casa tinham ficado encantadas com a minha chegada e gostariam de ouvir uma narrativa completa de minhas aventuras. Será que eu gostaria de tomar chocolate com elas?

Disse que ficaria contente de ajudar no preparo do chocolate. Aquela seria a oportunidade de conquistar a sua confiança, e logo passamos a conversar sobre o melhor modo de preparar chocolate. As senhoras estavam extremamente interessadas em minhas opiniões, e impressionadas com a minha insistência para que acrescentassem baunilha antes de a bebida ser agitada. Também admiraram meu *molinillo* de prata, acreditando ser um objeto de certa antiguidade, mas apressei-me em explicar que aquilo era novo e viera da corte de Montezuma, uma vez que eu lá estivera na época do cerco.

Novamente as mulheres se surpreenderam com a minha resposta.

— Senhor, ficamos sabendo dessa guerra por nossos avós. Se você realmente testemunhou a queda do México e não é apenas um contador de histórias, então deveria ter mais de cem anos de idade.

— Eu estava lá, eu lhes asseguro.

— Não pode ser — disse uma mulher morena e extremamente atraente conhecida como *doña* Maria.

— Não, é verdade, eu estava lá. Eu era apaixonado por uma mulher chamada Ignácia. Conheci o grande Montezuma.

— O amor afetou o seu cérebro — observou uma outra.

— Mais chocolate — disse *doña* Maria rapidamente, como se desejasse interromper a conversa.

Parecia que estavam me tomando por um impostor ou um maluco. Senti-me atordoado de medo. Seria este outro de meus sonhos?

Doña Tita percebeu minha aflição.

— Descanse — disse ela, gentil. — Descanse, durma e sonhe. Estará melhor amanhã.

Fechei os olhos e comecei a dormir. Talvez, ao acordar, tudo voltasse ao normal.

As senhoras então voltaram sua atenção para Pedro, limpando-o das orelhas às unhas, esfregando sua barriga e brincando com ele de um modo que eu não aprovava. Mas parecia que aquilo também era um sonho, uma fantasia erótica. Sem saber se estava acordado ou sonhando, virei-me para dormir, deixando de lado qualquer tentativa de compreender alguma coisa até o dia seguinte.

Ao amanhecer levei Pedro para passear em Chiapas. Era uma fria manhã de outono. Igrejas, missões, lares e uma pequena sede de governo começaram a se revelar à medida que clareava. Na praça principal, vi uma catedral fantasticamente decorada com colunas onde haviam entalhes reproduzindo videiras e verduras, como se aqueles vegetais tivessem sido transformados em pedra. Podia ser Santiago ou Cádiz, tão majestosa era sua presença, e eu não conseguia entender como aquele edifício poderia ter sido construído tão recentemente e com tal rapidez. As pessoas começavam a sair de suas casas e a encher as ruas, e Pedro corria à minha frente para saudá-las. Vendo mais de perto, percebi que o povo se vestia de um modo que eu nunca vira, e parecia se mover com mais rapidez do que o normal.

O que estava acontecendo comigo?

Era como se tivéssemos tropeçado em outro Novo Mundo. Mulheres espanholas vestiam corpetes apertados e elaboradas saias-balão com as quais deveria ser muito difícil caminhar, enquanto os homens vestiam-se com mantos efeminados, gibões sem botões e calças apertadas com as quais seria impossível realizar qualquer tipo de trabalho. Os índios chamulas vestiam túnicas brancas e longas em vez de tangas enfeitadas; Os zincatecas usavam roupas cor-de-rosa com fitas e suas mulheres vestiam-se com *rebozos* azuis, ocasionalmente blusas brancas e saias pretas amarradas em volta dos quadris. Nestes trajes saíam para trabalhar sob o sol quente nas plantações espanholas de tabaco e algodão. Os escravos indígenas trabalhavam do amanhecer ao pôr-do-sol, e havia em seus rostos pouco daquela alegria que eu vira no México do qual me lembrava. A cidade se tornara uma fábrica. Entristeci-me ao ver que fora assim que nós, espanhóis, assumimos o poder e passamos a viver uma vida de indolência e pouco caso, nunca nos aventurando nos campos onde aquele povo labutava tantas horas por dia.

Logo fiquei desorientado e voltei aos meus aposentos, temendo que a fraqueza me tomasse por completo. De volta ao conforto de meu quarto, caí num sono profundo e sonhei novamente com Ignácia, para sempre inatingível.

Despertei e vi *doña* Tita molhando minha testa. Ouviu pacientemente quando finalmente contei-lhe a história da minha vida, mas então explicou, como se falasse com uma criança, que se minha história fosse verdadeira, eu devia ter mais de cento e quarenta anos de idade. Portanto, devia entender como era difícil para as mulheres com as quais eu vivia acreditar naquilo.

Pensando em todos os acontecimentos de minha vida anterior, dei-me conta de que algum estranho destino me fora reservado. O tempo parecia ter-se esvaído.

Doña Tita me incentivava a passar a maior parte de meu tempo livre em tranqüila reflexão. Cuidava de Pedro enquanto eu passava pela longa convalescença. Quanto tempo passei assim eu não sei, mas não creio que tenha sido tratado com tantos cuidados anteriormente. Duas das garotas na hospedaria, *doña* Maria e *doña* Júlia, chegaram a me oferecer os prazeres de seus quartos, as blusas vermelho-escuras revelando grande parte dos seios, mas, embora muito tentado, estava confuso demais para aceitar este tipo de proposta, temendo que meu cérebro, já abalado pela febre, pudesse ser afetado pela loucura dos prazeres da carne.

Mas assim que recobrei um mínimo de força, perguntei se podia tentar voltar à normalidade ajudando-as a preparar comida.

Acreditava que isso não só me proporcionaria um meio de recuperar a sanidade através do trabalho, mas também me daria tempo de pensar no passado, reconstruir minha memória e planejar minha vida futura.

As mulheres aceitaram minha oferta com muita surpresa, duvidando de minhas habilidades na cozinha, mas pedindo especialmente a receita de chocolate da qual eu lhes falara.

— Sabemos o que consegue fazer com seu *molinillo* — disseram rindo.

E foi assim que voltei à razão. As mulheres me ajudaram a esmagar cana-de-açúcar e canela, usadas para adoçar a pasta. Também incluíamos água de flor de laranjeira, amêndoas e âmbar-gris escuro antes de experimentá-la com diferentes quantidades de anis, baunilha, chiles e avelãs. A hospedaria transformou-se num verdadeiro laboratório de chocolate e creio que nosso avanço mais espetacular ocorreu quando decidimos que tal bebida ficaria melhor se acrescentássemos água quente no início de sua feitura. Misturando duas colheres de chá de água quente na primeira mistura de cacau em pó, baunilha e canela, podíamos fazer uma pasta mais grossa e mais macia. O calor da água ajudava o cacau a derreter e depois, acrescentando à mistura um ovo batido no fundo do jarro de servir, criávamos uma textura tão densa e tão rica que era quase possível fazer a colher ficar em pé dentro dela.

Na primeira vez que a experimentamos, soubemos que tínhamos inventado uma mistura absolutamente transcendente.

As mulheres deram a bebida aos seus clientes, e estes levaram a receita para casa e a mostraram às suas esposas. Tornou-se uma sensação na cidade e espalhou-se o boato de que eu criara um verdadeiro néctar.

Toda vez que eu fazia aquilo, não conseguia deixar de pensar em Ignácia. O chocolate passara a ser o meu modo de lembrar-me dela, o calor daquele aroma nunca deixando de me levar de volta à felicidade que conhecêramos na plantação. Eu era envolvido pela lembrança da plenitude que compartilhamos então, lamentando que aquilo tivesse passado, e vivia dos sonhos desta lembrança, afastado dos cuidados e dos problemas do mundo.

Após alguns meses, as pessoas começaram a me dizer que não conseguiam viver, nem mesmo durante algumas horas, sem a ingestão de meu chocolate quente, e que certamente morreriam se aquilo lhes fosse negado. De fato confessaram que estavam loucas de paixão por aquilo.

As mulheres chegaram a me dizer que não eram mais capazes de suportar a duração e a solenidade da missa na catedral sem recorrer àquele revigorante. Suas barriguinhas redondas ansiavam por chocolate e elas morreriam se isso lhes fosse negado durante mais de uma hora. Conseqüentemente, isso ocasionava a chegada de suas amas em meio ao serviço divino, trazendo chocolate quente para servir às suas senhoras de modo que pudessem suportar a tentação, o pecado e a mortificação da carne com equanimidade.

A ingestão de chocolate por tantas mulheres na igreja inevitavelmente causava graves interrupções. A congregação não conseguia ouvir a espístola nem o evangelho, tão grande era o rumor e o vozerio. Depois de algumas semanas, o bispo da cidade observou que essa atividade insaciável, que criava a oportunidade para a troca de olhares e até mesmo para conversa entre amigas, parecia ser o verdadeiro clímax do serviço divino, e que as mulheres estavam substituindo a sóbria ingestão do corpo e do sangue de Nosso Senhor e Salvador por um refresco mundano. Denunciou a bebida do púlpito, advertindo que, se aquela interrupção da missa não cessasse, seria obrigado a proibir a ingestão de chocolate.

As mulheres ficaram horrorizadas, e se uniram para resistir. Uma tal proibição não podia ser aprovada. Não conseguiam viver sem chocolate.

Primeiro, recorreram à sedução.

Depois de muita discussão, *doña* Tita foi até a casa do bispo e implorou sua indulgência, acabando por oferecer os confortos de seu leito se permitisse que ela tomasse chocolate durante a missa.

Era uma estratégia corajosa e arriscada, com o perigo de condenação futura, mas o bispo vacilou no meio de seu primeiro teste, bebendo o chocolate de *doña* Tita e contemplando os seus deleites. Era evidente que sua sobriedade e sua castidade não sobreviveriam por muito tempo, já que *doña* Tita tinha a mais extraordinária beleza, e se o bispo algum dia pensou nas tentações da carne, ele sabia que conheceria os seus deleites mais rapidamente com aquela mulher extraordinária do que com qualquer outro mortal. Somente por meio de uma vida de autodisciplina, repressão e moderação ele conseguiu resistir aos encantos, e pediu que ela se fosse sem garantir-lhe qualquer concessão.

Mas *doña* Tita sabia que o homem sentira-se tentado, e ficou contente quando o bispo enviou-lhe um presente na manhã seguinte para agradecer-lhe a visita, convidando-a abertamente para ir à sua casa e acrescentando um rosário de contas negras e cor-de-laranja, feito com as sementes muito coloridas do fruto conhecido como *abrus precatorius*, que ela deveria usar diretamente sobre o colo amplo, como um talismã para protegê-la do mal.

Doña Tita ficou encantada com o presente, e usou-o em muitas tardes ardentes de seu trabalho; mas quando o bispo descobriu que ela ainda desfrutava do ardor dos homens de um modo que lhe era negado, e recusara-se a mudar seu comportamento durante a missa, voltou a atacar a ingestão de chocolate com vigor renovado, proclamando a excomunhão de todo aquele que comesse ou bebesse em sua igreja. As mulheres da cidade, longe de serem castigadas por aquela instrução, tornaram-se militantes, e enviaram mensagens ao bispo dizendo que não poderiam continuar comparecendo à missa sob aquela nova ordem, pois morreriam de dor se fossem obrigadas a isso. Recolheram-se às suas casas, recusando-se a sair, enviando mensagens umas às outras por intermédio de suas amas, e negando aos maridos os favores da cama nupcial.

Em seu púlpito barroco, o bispo pregava para uma catedral vazia. Sem se comover, deixou claro que preferia a honra de Deus acima da sua própria vida.

Essa observação se mostraria fatal.

Pois era sabido que o bispo tomava chocolate em sua casa. Seu pajem, um jovem de nome Salazar, misturava-lhe a bebida toda tarde enquanto repetia as palavras do *Salve Regina*. Sua Graça acreditava que essa era a única maneira de mexer o chocolate à perfeição, pois assim chegaria a um nível perfeito de espuma. Amém.

Infelizmente, Salazar não era tão fiel quanto pensava o bispo, pois passava muitas noites nos braços de *doña* Maria, irmã de *doña* Tita. Ela o informara sobre os novos ingredientes que eu adicionava ao chocolate que bebiam, e como seu gosto melhorava. Ela tinha certeza de que o bispo iria adorar a nova fórmula de sua bebida favorita antes de dormir.

Salazar então voltou com os ingredientes de minha receita, contando ao bispo a respeito dos deleites que o aguardavam se experimentasse aquilo, ao menos para compreender por que as mulheres da cidade estavam tão perturbadas.

A princípio, seu mestre ficou desconfiado. Também estava furioso com o tempo que Salazar demorara preparando aquilo e a demora até que ele pudesse ouvir o som reconfortante de sua oração familiar.

Salve, regina, mater misericordiae
Vita, dulcedo et spes nostra, salve!

Quando a página foi virada, o bispo bebeu um gole e recusou a mistura.

— Este chocolate não tem o gosto do *Salve Regina*.

Salazar retirou a bebida e a mexeu novamente, recitando a oração outra vez. Não conseguia entender como o bispo, um misógino assumido, gostava tanto de uma reza de mulheres, sobre mulheres e para mulheres.

Ad te clamamus exsules filii Evae,
Ad te suspiramus gementes et flentes
In hac lacrimarum valle.

Ele devolveu a taça, o bispo provou novamente, mas ainda não estava satisfeito.

— Não é assim que gosto do meu chocolate.

Pela terceira vez Salazar levou a taça para a sala ao lado.

> *Et Iesum, benedictum fructum ventris tui,*
> *Nobis post hoc exsilium ostende,*
> *O clemens, o pia,*
> *O dulcis virgo Maria.*

Finalmente ele voltou.

O bispo pegou a bebida, a expressão do rosto mostrando dúvida e tédio. Mas ao beber novamente, uma estranha calma apoderou-se dele.

— Está melhor — disse. — Bem doce — e bebeu novamente. — Enche a boca, satisfazendo-a plenamente.

Seria a sua última bebida neste mundo, pois *doña* Maria incluíra, junto com o cardamomo, a canela e os chiles, uma mistura bem moída de datura, meimendro negro e beladona.

Dez minutos depois, o bispo apertou o estômago com as mãos e caiu no chão.

Nas horas seguintes ficou febril, gritando que tivera visões da Virgem feita de chocolate, de Jesus pregado a uma cruz de chocolate, e dos discípulos comendo a sua carne e bebendo o seu sangue. Gritou o nome de *doña* Tita num tom de paixão e vingança, e caiu num delírio selvagem. Médicos foram enviados, mas sua ajuda foi inútil. O sacerdote vitriólico estava morrendo do veneno mais mortal que havia e o chocolate disfarçara perfeitamente o seu gosto.

O bispo demorou uma semana para morrer, o corpo de tal modo inchado que o mais leve toque fazia a pele se romper. Seus dedos escurecidos caíam de suas mãos, e um líquido branco e grosso minava de sua pele. O médico diagnosticou necrose epitelial e edema do rúmen, retículo, e fígado.

Essa, então, foi a morte pelo chocolate.

A disputa estava terminada. As mulheres vestiram suas roupas de luto, mas, no fundo, estavam deliciadas com sua vitória.

Iriam corromper o novo sacerdote, e a ingestão de chocolate iria continuar, sem ser interrompida pelas exigências da missa. A vida podia voltar ao normal.

Mas três dias depois da morte do bispo, aconteceu um fato curioso. No amanhecer do sábado, *doña* Tita ficou doente e morreu.

Aquilo era estranho, pois ela sempre fora a mais vigorosa e ativa das mulheres, e tentávamos entender o que poderia ter causado a sua morte. Não havia doença contagiosa na cidade e nenhuma outra mulher sofrera de tal febre. Somente depois de revistar cuidadosamente o quarto dela é que o médico descobriu a causa de sua morte.

O rosário que o bispo lhe dera exsudava um veneno mortal. Aquilo entrara no corpo de *doña* Tita através da pele quando ela suava durante seu trabalho amoroso. Quanto mais vigorosa fosse a sua atividade luxuriosa, mais rapidamente o veneno entrava em seu corpo, até que, depois de vários dias e noites de amor, ela ficou tão contaminada pela essência de *abrus precatorius* que morreu.

Evidentemente, aquela era uma cidade muito perigosa para se viver, e eu comecei a temer por minha própria segurança: uma suspeita que se comprovou mais tarde naquela noite, quando despertei com Pedro latindo furiosamente e *doña* Maria sentada sobre meu peito, prendendo meu corpo com suas belas pernas.

Suas mãos agarravam firmemente o meu pescoço.

— Dê-me a receita! — sibilou.

— Que receita? — perguntei, semidesperto, molhado de suor, dominado pelo medo e até mesmo (fiquei horrorizado ao perceber) pelo desejo.

— Você sabe muito bem.

Seu cabelo negro caiu-lhe sobre o rosto, e ela prendeu meus braços com os joelhos. Embora *doña* Maria fosse, eu podia ver, magnífica e tremendamente desejável, eu não podia ignorar o fato de que estava tentando me estrangular.

— Largue-me — ofeguei.

— Só se me der a receita.

— Já dei. — Estava tão asfixiado que cada palavra era importante. — Você sabe muito bem como o chocolate é preparado. Por isso nos metemos em toda essa enrascada.

— Não o chocolate, seu idiota. Você sabe o que quero. Meu pai morreu. Minha mãe morreu. Sete de minhas irmãs morreram. Estou em perigo mortal. Preciso saber o segredo do verdadeiro elixir. Dê-me.

— Não sei do que está falando — respondi com sinceridade, mas ela voltou a apertar minha garganta.

— Fiquei em silêncio todo esse tempo, mas agora que esse problema caiu sobre todos nós, não o largarei até me contar o segredo. Você deve ter bebido o elixir verdadeiro. E seu cão também — acrescentou, peremptória, enquanto chutava Pedro para longe de mim.

Foi então que entendi do que ela estava falando.

Talvez por ser lento no modo como conduzo a minha vida, também devo ser lento para pensar. Demorei todo esse tempo para perceber o que acontecera.

A bebida de Ignácia.

Ela me dera um líquido que podia retardar, ou até mesmo interromper, o processo de envelhecimento.

— Então?

Balancei a cabeça indicando que não podia falar, e finalmente *doña* Maria afrouxou as mãos. O que podia fazer? Mesmo que dissesse toda a verdade, sabia que aquela mulher, uma vil envenenadora cujos avanços eu rejeitei quando vim à cidade pela primeira vez, nunca acreditaria em mim.

— Uma amiga deu-me o elixir há muito tempo — respondi finalmente, a voz cheia de medo. — Não sei a receita.

Doña Maria sacou uma faca e a encostou em minha garganta. Evidentemente, eu teria de reunir uma última reserva de forças, ou enganar a mulher criando um falso elixir e depois fugir da cidade o mais depressa possível.

— Não minta para mim — sibilou. — Nossos ancestrais aperfeiçoaram a arte de retardar o ritmo da vida. Você sabe que pode viver mil anos.

— O quê?

— Eu disse mil anos. Agora dê-me a receita...

— Eu não a tenho.

— A receita, seu bastardo!

Nesse momento, e não sei por que a Providência ajudou-me desse modo, os soldados da cidade chegaram à porta lá embaixo e a golpearam furiosamente, exigindo falar comigo imediatamente.

Quatro homens invadiram o quarto. Virei a minha cabeça o máximo que pude e vi que haviam parado, atônitos. Desculpando-se pela interrupção, pensando que *doña* Maria e eu estávamos no clímax de um estranho jogo sexual de luxúria e depravação, os soldados disseram-me que eu seria expulso da cidade. Como era conhecido por minha bruxaria do chocolate, tinha de ser, em parte, responsável pela morte do bispo.

Sem saber qual era o perigo maior que corria, disse aos soldados que os trágicos incidentes na cidade não eram obra minha, e que eu raramente me avistara com o bispo.

Mas os soldados foram inflexíveis, afastando *doña* Maria de mim e me arrastando atrás deles. Estava claro que, como eu trouxera para a cidade a receita da morte pelo chocolate, devia partir com ela sem demora.

— Leve-a daqui! — gritou um deles. — Leve consigo sua vil beberagem, para que nunca mais a vejamos por aqui.

Outro disse que, embora sua mulher tenha lhe assegurado que um gole de meu chocolate mudaria a sua vida e curaria os seus furúnculos, ele nada sentira. De acordo com aquele sujeito, eu não passava de um impostor, um falso boticário, um charlatão.

Expliquei que nunca fizera muito alarde a respeito de minha receita, e que apenas tentara trazer um pouco de prazer ao mundo, mas os soldados estavam inflexíveis.

Deveria deixar a cidade imediatamente.

Eu e Pedro fomos escoltados até o portão da cidade, e disseram-me para nunca mais voltar, mesmo que eu vivesse cem anos.

Resistindo à tentação de dar-lhes uma resposta sarcástica, decidi que o silêncio — e uma fuga rápida — seria o melhor a fazer.

Minha vida fora poupada.

Mas o que faria? Minha mente estava repleta de perguntas não respondidas. Teria Ignácia realmente me dado o elixir da vida? Ou seria simplesmente uma droga que fazia a vida durar mais que a de qualquer mortal? Por que ela não tomara a bebida? E como e por que ela morrera, deixando-me apenas com Pedro para viajar sozinho, sem amor, pelo solitário deserto do futuro?

Fomos lançados num movimento interminável através do caos da história. E se tivéssemos de viver muito mais do que qualquer pessoa que conhecêssemos, sem ninguém com quem compartilhar nosso destino, então estaríamos certamente fadados a uma vida de perdas e decepções, constantemente nos despedindo daqueles que amávamos, incapazes de acompanhar o ritmo de suas vidas.

Seria isto uma morte em vida?

Então me perguntei se a bebida não seria um elixir, mas uma espécie de droga do sono, e que eu estaria imerso num sonho do qual não conseguia acordar. Como ter certeza de que tudo aquilo de fato acontecera?

Cheio de dúvidas, sem saber para onde ir ou o que fazer, finalmente chegamos à costa e embarcamos no *La Princesa*, um galeão espanhol de convés duplo que nos levaria de volta a Sevilha.

Se eu fosse para casa, talvez a vida voltasse ao normal. Uma vez a bordo, Pedro e eu passamos a maior parte do tempo recolhidos, pensando em nosso destino.

Em volta, o Atlântico bramia.

No meio de uma tempestade violenta, agarrei-me à borda de meu beliche, como se aquele espaço confinado de madeira já fosse o meu ataúde. Pedro tentou dormir ao meu lado, mas estava assustado demais com a imprevisibilidade do mar ao nosso redor, e caiu, assim como eu, em uma espécie de febre. Sem saber se era dia ou noite, e novamente atormentado pela confusão entre estar vivendo ou sonhando, minha mente fervia de ansiedade. Pensei em Ignácia novamente, atravessando os corredores de um terrível labirinto, incapaz de escapar, incapaz de ser resgatada. O calor era intensificado pelo meu sonho, e o ar estava repleto de gritos estranhos e tiros distantes. Então, enquanto Ignácia desaparecia no fim de uma longa avenida de chamas, minha cama tremeu fortemente e inclinou-se violentamente para estibordo sob o impacto de uma terrível explosão.

Estávamos sendo atacados.

Segurando Pedro debaixo do braço, corri até a coberta de proa e vi um navio francês com cerca de cento e dez canhões aproximando-se de nós com velas de ataque. O vendaval fazia os dois navios mergulharem pesadamente, mas os franceses atacaram nossos mastros e cordame, de modo que não conseguíamos manobrar. Era quase impossível nos defendermos enquanto o navio adernava naquele vendaval. A água começou a entrar no convés inferior através das portinholas de canhão abertas, e era evidente que iríamos soçobrar a qualquer momento. Um mastro de proa e o mastro principal haviam sido derrubados. As cordas pendiam soltas, vergas oscilavam e as velas esvoaçavam. Tudo que conseguia ver diante de mim era um caos de tecido, cordame e vergas destruídas. O ar estava agitado com o estrondo da batalha e os gritos desesperados de homens envolvidos numa luta corajosa para conquistar ou para sobreviver.

Nossa tripulação tentava desesperadamente conservar a pólvora seca, mas às três e meia da tarde o baú de armas explodiu na nossa frente e ateou fogo ao tombadilho superior. O fogo se alastrou e os homens passaram a jogar água sobre as chamas furiosas. As partes inferiores de nossos conveses estavam alagadas, os canhoneiros com água pela cintura enquanto que o navio subia e descia com as ondas, uma ruína condenada pela água e pelas chamas.

Os franceses passaram então a atacar o corpo do *La Princesa* e não apenas suas velas e cordames, bombardeando-nos com pesado canhoneio. Pranchas inteiras voaram do navio e os franceses, numa posição superior, despejaram tanto fogo sobre nós que nosso lado de estibordo estava furado como uma peneira. O capitão e outros nove marinheiros foram mortos, e embora o combate continuasse até o cair da noite, era evidente que não poderíamos sobreviver àquela batalha.

A tempestade e o conflito arrefeceram com a chegada da noite, mas nosso navio era uma ruína despedaçada. Sem mastro ou comando, não tínhamos escolha a não ser nos rendermos. Quando a aurora acinzentou o céu, um grupo de abordagem do inimigo aproximou-se, não tanto para tomar o navio, mas para resgatar sobreviventes.

O capitão francês informou-nos que aquilo era *"fortune de guerre"*. Éramos seus prisioneiros, e voltaríamos com ele para a França, pelos poderes de que fora investido pelo rei Luís XVI.

Fui levado para seu navio, com Pedro apavorado, agarrado a mim. Os marinheiros franceses riram de nós escandalosamente, apontando para minhas boas roupas com grande júbilo, zombando de nossa humilhação.

O medo apertou meu coração.

Ao perguntar em que ano do Senhor estávamos, fui informado, para minha grande surpresa, que era mil setecentos e oitenta e oito.

Parei como num estado de estupor. Não podia crer que eu e Pedro tivéssemos pulado mais tempo. Como podíamos ter quase trezentos anos de idade?

Será que isso também era um sonho do qual não conseguia despertar? Ou será que eu estava envolvido em um sonho, com outros sonhos dentro deste primeiro sonho, como uma sucessão de bonecas de madeira, cada uma dentro da outra? Pois parecia não haver escapatória do pesadelo que era minha existência, nenhuma âncora para firmar o navio de meu ser, e as lembranças de minha vida anterior pareciam tão frágeis quanto os fragmentos de nosso galeão naufragado.

A viagem invernal através do Atlântico foi longa e difícil, e nada fez em favor de minha sanidade.

Ao chegar ao porto gelado de Honfleur, fui levado para Paris. Os marinheiros que me tinham cativo não sabiam o que fazer comigo, afirmando nas conversas entre eles que nunca conseguiriam um bom preço, pois quem desejaria levar, mesmo como prisioneiro ou escravo, um espanhol maluco e um cão tão desenxabido?

Nada pude fazer para convencê-los do oposto e, de fato, parecia que quanto mais eu tentava me explicar, mais a situação piorava. Não havia como convencê-los de que eu era são, e só lamentava que não mudassem de idéia quanto a Pedro, que havia demonstrado ser o mais nobre, confiável e o mais carinhoso dos companheiros.

Finalmente, ficou resolvido que, enquanto não recebessem ordens claras do almirantado, não havia escolha a não ser me manter numa instituição até meu destino ser decidido.

E foi asim que me vi na Bastilha.

IV

Oito torres redondas, algumas com vinte metros de altura, e muros com um metro e meio de espessura apareciam ameaçadoramente acima de mim. A porta gradeada fora fechada e os guardas me revistaram da cabeça aos pés. Fui obrigado a vestir calças que não eram do meu tamanho, uma camisa grande demais, um roupão com capuz e um boné ridículo. Embora soubesse que não estava louco, certamente agora parecia estar.

O governador, Bernard-René de Launay, um homem gentil, permitiu que eu ficasse com Pedro em minha cela, e acrescentou os nossos nomes ao registro da Bastilha. Um carcereiro baixinho e de rosto vermelho chamado Lossinote levou-nos para um quarto no topo da torre de canto.

A prisão era, na verdade, uma torre de menagem escura e aterrorizante, repleta de todo tipo de arma de destruição. Subindo as escadarias estreitas, passamos por um grande arsenal onde estavam estocados duzentos e cinqüenta barris de pólvora. Lanças e machados pendiam das paredes, e a prisão fedia a umidade e a doença. A cada passo que avançávamos pelo prédio sinistro, eu percebia como devia ser impossível fugir dali, e como os prisioneiros deviam enlouquecer.

Minha cela tinha um estrutura octogonal, talvez com seis metros de largura, com um teto abobadado de alvenaria. Uma janela alta e gradeada era a única fonte de luz. A mobília resumia-se a uma mesa de dobrar, três cadeiras de bambu que mal se mantinham de pé e dois colchões velhos.

— Quanto tempo ficarei aqui? — perguntei.

— Ninguém sabe a resposta para essa pergunta — respondeu Lossinote num tom misterioso.

Minha cama pululava de traças, minha camisa estava repleta de piolhos, e o mingau que me davam toda noite era intragável. Pedro deitou-se, exausto, no chão frio, e ficamos ainda mais desesperados.

Levei vários meses para descobrir que cada prisioneiro tinha direito a uma pensão semanal e que podia fazer certos pedidos. Após cuidar das necessidades de Pedro, adquirindo um cobertor, escova de pêlo e vasilha para comida, pedi roupas decentes: doze camisas, dez lenços, dois casacos, um colete, calças justas de cetim, meias de seda, sapatos e até mesmo uma peruca, o que eu esperava que me fizesse parecer mais francês.

Infelizmente, não fui bem-sucedido e concluí que seria melhor manter meu cabelo longo e escuro, no estilo espanhol, ao qual eu estava acostumado. Mas estava decidido a não mais parecer um palhaço, e raspei a barba, cuidando de minha aparência (havia tão pouca coisa para fazer além disso), e mantendo-me, e ao meu cão, tão limpos e penteados quanto possível.

Então ocorreu-me que o tecido que me fora fornecido podia ser bem empregado, e comecei a desfazer partes de minhas camisas, lençóis e cobertores, fio por fio, de modo a fabricar uma escada de corda para fugir. Agradeci a Deus ter passado tanto tempo cuidando do cordame e do velame do navio durante minha primeira viagem marítima, e lembrei-me com carinho e saudade de meus amigos e colegas daquela época: Cortés e *doña* Marina, Montezuma e, é claro, minha amada Ignácia. Parecia ter sido há tanto tempo, mas eu sabia que, sem memória eu não teria existência real. Esses acontecimentos definiram a minha vida, e não podia esquecê-los se desejasse continuar lúcido.

Ainda assim, enquanto trançava e fiava um meio de conseguir a liberdade, era impossível não me sentir incrivelmente solitário. Estava separado de meu passado, e incerto quanto ao meu futuro. Meus dias só eram animados pelos passeios que me permitiam fazer para exercitar Pedro e pela oportunidade de compartilhar minhas refeições, uma vez por semana, com qualquer colega de clausura que pudesse beneficiar-se de minha companhia.

Logo ficou evidente que nenhum dos prisioneiros cometera realmente algum crime grave. Um homem fora preso por falsificar bilhetes de loteria, e outro considerado louco por ter tido a idéia de engarrafar nuvens; havia um outro com uma voz exaltada que dizia conhecer o lugar de um tesouro secreto, mas que se recusava a contar onde estava; e havia um padre que nada fizera além de emprenhar a filha de um conde. O único homem com quem eu falava freqüentemente era a pessoa mais velha que eu já vira, um certo major Whyte. Ninguém sabia há quanto tempo ele estava na cadeia. Ele mesmo não se lembrava, e estava mais isolado de seu passado do que eu mesmo, e acreditava ser Júlio César. A brancura de seu cabelo e o tamanho de sua barba me impressionavam. Se aquilo era a idade avançada, uma mistura de enfermidade, desilusão e amnésia, então talvez eu fosse um felizardo por retardar a chegada da velhice durante tanto tempo.

Havia outra pessoa na Bastilha, um cavalheiro, que se mantinha solitário e arredio. Eu sempre o via entre meio-dia e uma da tarde, uma figura misteriosa de aspecto sombrio, caminhando pelas balaustradas, a silhueta recortada contra o céu. Era gordo e velho, talvez um metro e setenta de altura, com uma testa alta e um nariz aquilino. Seu cabelo era empoado e muito bem penteado, e vestia um sobretudo azul com um colarinho vermelho e botões de prata. Era seguido de perto por um homem que, como fui informado posteriormente, era seu servo, Mérigot, empregado, disseram-me, porque o velho cavalheiro estava agora tão gordo que nem conseguia trocar de camisa sem ser ajudado.

Meu carcereiro disse que eu deveria evitar falar com ele porque o cavalheiro era quase tão louco quanto eu. Contudo, tal advertência não me impressionou, já que era evidente que não estávamos loucos antes de entrarmos naquela prisão, mas certamente enlouquecíamos ali dentro, e que, se eu evitasse a loucura alheia, não me restaria com quem conversar. Às vezes o cavalheiro olhava para mim como se eu fosse um amigo distante ou parente que ele tentasse reconhecer, mas depois voltava sua atenção para outra coisa, parecendo olhar bem além de mim, para longe, como se tivesse sido despertado por algum grande pensamento.

Isto me fez ficar ainda mais decidido a falar com ele, e aventurei-me a criar uma oportunidade para que nossos caminhos se cruzassem. Somente depois de três meses consegui que isso ocorresse, quando nos encontramos numa parte estreita da balaustrada. Era impossível passarmos um pelo outro sem trocarmos ao menos algumas palavras.

— Senhor — disse a figura corpulenta, parando diante de mim. — Admiro seu galgo.

— É meu único companheiro — respondi.

— Embora eu prefira um *setter* ou um *spaniel*.

— Foi-me dado há muito tempo.

— Tem uma cabeça elegante e olhos cheios de vida. Qual o nome dele?

— Pedro.

O homem começou a andar à nossa volta, e meu galgo seguiu seus movimentos com desconfiança.

— Tem costas fortes, coxas musculosas e peito fundo. Tem uma boa distância entre o quadril e o jarrete, e seus pés parecem firmes. Sua cauda é como um chicote de cavaleiro. Deve correr bem...

— Ele corre.

— E imagino que tenha muita disposição.

Ninguém jamais admirara Pedro daquele modo, e eu gostei de ver que o cavalheiro tinha tanto interesse por ele.

— Você é espanhol — observou o homem.

— Sou...

— Fala excelente francês...

— Ao que parece, tenho talento para aprender línguas.

— Sempre disse que a melhor maneira de aprender um idioma estrangeiro é ter um caso com uma mulher que tenha o dobro da sua idade.

Fiquei surpreso com a audácia de sua observação, mas ele falava como se suas frases não pudessem ser contestadas e que cada afirmação fosse uma ordem a ser obedecida.

— Você deve me visitar em meus aposentos.

— Permitem-lhe visitas?

— Recebo convidados entre os internos, e permitem-me consumir certas comidas. Minha esposa me traz patês, presuntos e compotas de frutas. Não consigo suportar o vômito que nos fornecem aqui. Mensageiros trazem pasta de amêndoas, marmelada, bolos, temperos e sopas. Nada quero além de companhia e liberdade.

— Pensei que isto aqui fosse uma prisão — observei, sem compreender como essa instituição sombria podia ser o poço do inferno para tantos e um hotel para outros.

— E é.
— E você pode comer o que quiser?
— Qualquer coisa que minha mulher me traga. Só há uma coisa de que sinto falta.
— E o que é?
— Chocolate. É um desejo particular que me é negado como punição.
— Com que justificativa?
— Recalcitrância. Permitem que você consuma chocolate?
— Não sei o que me é permitido. Não me dizem nada.
— Então deve dizer a eles. Um homem não pode ser submetido a qualquer sofrimento sem saber o motivo. Isto não é a Inquisição Espanhola.
— Com certeza não é.

Olhou-me com vivacidade, mas guardei meu segundo e disse:
— Os guardas contaram-me que estes são tempos difíceis para se obter comida de qualidade. Tem havido tumultos por causa de pão...
— O povo nas ruas é incansável. Gritam por pão, embora haja pilhas de pão em Saint-Lazare. Há pão de sobra se souberem onde procurar. Tenho excelentes informantes, e posso garantir-lhe, *monsieur*, que os tempos não estão difíceis a ponto de nos negarem chocolate. Talvez você possa pedir um pouco para mim.
— Tentarei.
— Você conhece chocolate?
— Conheço, meu senhor — eu disse, hesitante.
Não.
Seria muito ridículo contar a minha história.
— E qual o seu modo favorito de tomar chocolate?
— Uma bebida que mistura chocolate, canela e baunilha.

— Baunilha? — Ele sorriu discretamente. — Gosto muito de baunilha. Pode ter usos excelentes. Você já provou creme de chocolate violeta, que é feito com chocolate misturado com pétalas de rosas, ou até mesmo com uma pastilha?
— Ainda não...
— Então, como pôde viver?
— Passei muitos anos viajando...
— E o que fazia para ganhar dinheiro?
— Ensinava latim. Trabalhei como notário e escriba. E cheguei a ser cozinheiro...
— Cozinheiro? — perguntou, subitamente excitado. — Então deve me visitar o mais cedo possível. Faremos chocolate juntos. Peça ao carcereiro para ir até a casa de *monsieur* Debauve na *rue* des Saints-Pères. É o fornecedor de chocolate para o rei.
— Eles pensam que sou louco.
— Porém não mais louco que os outros habitantes daqui. Venha com seu cão e traga chocolate. Quanto você recebe por dia?
— Nove *livres*.
— É o bastante. *Monsieur* Debauve tem um ótimo chocolate de desjejum. Também vende um chocolate aromatizado com salepo para fortalecer a musculatura, e um chocolate antiespasmódico com flor de laranjeira e um chocolate com leite de amêndoas para os que são nervosos. Precisaremos de todos eles.

O homem pareceu subitamente animado e bondoso, como se a perspectiva do chocolate tivesse selado nossa amizade.

— Pedirei os outros ingredientes: creme, xarope, amoras silvestres e, é claro, conhaque. Faremos um banquete, e contaremos a história de nossas vidas. Qual, em nome de Deus, é seu nome e título?

Fiz uma pausa, mas como ele já me achava maluco, tal precaução não era mais necessária.

— Sou Diego de Godoy, notário do general Hernán Cortés, servo do imperador Carlos V.

O homem de sobretudo curvou-se num cumprimento, como se tivesse sido criado numa época de boas maneiras há muito passada. Ao se erguer, olhou-me nos olhos e disse em voz baixa:

— E eu sou Donatien Alphonse François, marquês de Sade.

Voltei para o meu quarto muito satisfeito. Finalmente conhecera um homem distinto com quem poderia conversar. Como a vida melhora quando se tem esperança, quando se começa uma nova amizade, e quando surgem novas possibilidades. Estava quase feliz.

Quanto tempo se passara desde que eu me alegrara pela última vez?

Como podemos passar rapidamente da alegria ao desespero! Era como se a lembrança de Ignácia entrasse em minha alma outra vez. Não conseguia deixar de pensar nela, mas agora duvidava não só de minhas lembranças mas também de meus sentimentos. Talvez tivesse começando a idolatrá-la, assim como adorara Isabella. Como poderia pôr tal emoção à prova?

E o que exatamente era o amor? Eu realmente conhecera aquele sentimento ou teria sido apenas uma miragem, como tudo o mais em minha vida? Será que algum dia eu saberia discernir o que era real e o que não era? Como crer em alguma coisa?

Todas essas perguntas precisam de respostas, e comecei a acreditar que o marquês seria capaz de fornecê-las.

Resolvi trazer-lhe chocolate logo que fosse possível.

Seus aposentos eram mesmo bons, e tão opulenta era a mobília que não conseguia acreditar que ainda estávamos na prisão. Quatro retratos de família pendiam das paredes; tapeçarias, almofadas de veludo enfeitadas e tecidos de algodão espalhavam-se pelo quarto. Havia colchões macios e limpos em dois cantos do aposento. Um *nécessaire* aberto revelava uma pródiga variedade de roupas: casacos de veludo, calças de cetim, meias de seda; tricornes, chapéus de castor de aba larga e robes de damasco; sapatos de fivela, botas militares, polainas e botas hessianas. Uma capa até os joelhos e um sobretudo repousavam sobre a espreguiçadeira. Havia livros espalhados por todas as superfícies, e o quarto era iluminado por um abundante sortimento de velas. O marquês chegara a perfumar o ar com água de flor de laranjeira.

— Meus humildes aposentos — disse ele, sorrindo.

A comida estava ao nosso redor: havia margaridas frescas num vaso (ele informou-me que recebia flores todas as semanas) e uma vasilha de amoras silvestres estava sobre uma escrivaninha antiga.

— Trouxe o chocolate? — perguntou.

— Sim.

— Então vamos beber um pouco — ele estalou os dedos e ordenou: — Mérigot, prepare a *chocolatière*.

Olhei e vi um jarro de porcelana decorado com flores azuis, com cabo e tampa, e uma colher de misturar. O marquês notou meu interesse e acrescentou:

— Mandei fazer esta *chocolatière*. É muito fina — e foi em direção ao fogão.

Havia ali uma panela de água fervente.

— Vamos começar — exclamou. — Faremos licor de creme de amora silvestre.

Pôs o chocolate que eu trouxera numa tigela suspensa sobre a água quente, e o vapor começou a derreter o chocolate.

— Mexa isto lentamente — ordenou, dando-me a colher. — Mérigot, os moldes.

O serviçal atravessou o quarto trazendo na mão esquerda uma bandeja de prata que tinha umas trinta cavidades. Pegando o chocolate derretido com a mão direita, Mérigot então despejou a mistura na bandeja de moldes e, ao terminar, pôs o chocolate que sobrou novamente no calor.

— Nunca imaginei que um dia estaria fazendo creme de amora silvestre na Bastilha — observou o marquês, deliciado.

Num movimento abrupto, Mérigot inverteu a bandeja, derramando o chocolate remanescente de volta na minha tigela. O chocolate grudou nas cavidades, preenchendo o molde.

— Olhe! — disse o marquês. — Os telhados e domos de nosso creme. Deixemos que endureçam no frio do peitoril da janela. É um dia frio, e as nuvens que tão freqüentemente nos incomodam ainda não se formaram. Nunca prepare chocolate quando a atmosfera estiver úmida, meu espanhol, nunca deixe a umidade entrar em contato com a mistura.

Parei um instante, surpreso com o fato de aquela cela, antes uma prisão e agora um salão, tivesse se transformado numa cozinha.

— Continue misturando o chocolate que restou, meu bom espanhol. Concentre-se.

Quando voltei à minha tarefa, fiquei imaginando por que o marquês estava naquele lugar, e perguntei se ele cometera algum crime.

— Não foi nada. Mera libertinagem. Tenho uma sogra que é *fons et origo* de todos os vícios.

— O que você fez?

— Nada de mais.

— Nada?

— Dizem que envenenei algumas prostitutas e seduzi a irmã de minha esposa.

— É verdade?

Espantou-se com a minha impertinência, como se eu não tivesse o direito de perguntar aquilo.

— Claro que não. As prostitutas vieram a mim por vontade delas, minha cunhada me amava.

— E sua esposa?

— Ela compreende.

— É surpreendente que diga isso.

— Sempre me surpreendem as coisas que as pessoas fazem por um título.

— Mas a própria senhora...

— Em obediência à mãe. E, é claro, a mim. Esse chocolate precisa ser agitado com força.

— Tenho a coisa certa — eu disse, procurando em minha mochila.

Os olhos do marquês ardiam de curiosidade em seu rosto um tanto intumescido.

— E o que é isso?

— Meu *molinillo, monsieur*. Vem do antigo México.

— Dê-me isso.

Pegou o instrumento e sentiu-o em sua extensão.

— É um objeto excelente. — Estava nitidamente assombrado.

— Não conheço melhor maneira de mexer o chocolate — eu disse.

— De fato — respondeu o marquês, testando o *molinillo* numa tigela de creme de leite, açúcar e licor de amora silvestre sobre um fogo brando.

— Gosto de bater um bom creme — observou, distraído, antes de voltar à sua receita. — Agora, espanhol — gritou, olhando para mim. — Vê aquela tigela de amoras silvestres? Ficaram de molho em licor nos últimos dias. Ponha uma amora silvestre em cada molde. Vou enchê-los com este creme. Deixaremos que endureçam enquanto tomamos nossa sopa. Depois, devemos cobrir suas bases com o que sobrar de nosso chocolate derretido, e tirá-los da fôrma no fim do banquete. Será perfeito.

Comecei a pôr as amoras silvestres nos moldes enquanto Mérigot preparava um funil. O marquês tirou o creme do fogo e continuou a mexer a mistura.

— Meu creme está no ponto — gritou para seu lacaio. — Tem a ferramenta necessária?

O servo ergueu o funil, e o marquês derramou a mistura no saco.

— Diego de Godoy — ordenou —, traga-me a travessa, por favor.

Trouxe a bandeja, agora coberta com chocolate e recheada com amoras silvestres. Mérigot espremeu o creme dentro de cada molde de chocolate, preenchendo-os até a borda.

— Muito bom, Mérigot. Excelente — disse o marquês. — Agora podemos descansar antes de fazermos a base.

Num tom imperioso, afastou o servo dizendo:

— Saia, Mérigot, saia. O espanhol e eu temos de beber nosso chocolate.

Duas xícaras de porcelana com pires foram postas na mesa diante de nós; o marquês pegou a *chocolatière* e começou a servir o chocolate.

— Essas são *trembleuses* — informou-me o marquês. — Também foram feitas especialmente para tomar chocolate.

Recostou-se em sua cadeira.

Bebi o líquido maravilhosamente viscoso e amargo. Era tão forte que eu não sabia se seria capaz de fazer uma refeição completa depois de beber aquilo. Sua textura aveludada parecia o mais macio dos cremes.

— Isto nos predispõe a uma vida de lazer, não é mesmo? — opinou o marquês. — Nada pode proporcionar maior sensação de bem-estar.

— Abranda o paladar e estimula o coração — respondi.

— O irmão de Richelieu usava isso para evitar a diarréia, você sabe — confidenciou-me.

Mérigot fazia a comida num aposento contíguo enquanto eu e o marquês bebíamos chocolate e falávamos de nosso passado. Embora ele, evidentemente, achasse que minha vida era uma ficção, relatei-lhe o que me ocorrera tão fielmente quanto possível, e ele se divertiu com muitas de minhas aventuras, interessando-se particularmente pela solicitude sexual das mulheres de Chiapas.

— Que paraíso deve ter sido — concluiu. — Um paraíso. Que pena que teve de ir embora de lá.

— Fiquei feliz ao fazê-lo.

— Com tanto ainda a explorar? Que vergonha, meu bom espanhol, que vergonha.

A comida chegou. Era o mais suntuoso repasto que eu comi desde o jantar na casa de Isabella tantos anos antes. Mérigot era o perfeito homem-espetáculo, servindo cada prato ao seu tempo: sopa de azeda-miúda, terrine de alcachofra e musse de amêndoas e peixe-frade, seguida de perdizes recheadas com uvas moscatel, salsichas de salmonete em manteiga de cerefólio, medalhões de *foie gras*, frango assado com pinha, galinha d'angola à la Gasconha, sibas cozidas como tira-gostos, alcachofras marinadas, flores de abobrinha recheadas com molho de tomate, queijo de cabra trufado em patê de azeitona, peras de Cressane, uma *galette* de nozes, uvas frescas, quatro garrafas de velho Borgonha, o melhor café mocha e uma grande garrafa de Armagnac.

Poderia alimentar toda a prisão durante uma semana.

Havia até uma bandeja especial para Pedro, contendo carne de boi, carneiro e cavalo, milho, frutas cruas, leite, feijões e peixe cozido. Ele olhou para mim com um misto de incredulidade e surpresa, como se tivesse redescoberto o Novo Mundo mais uma vez. Ambos estávamos de muito bom humor, tão calorosa era a hospitalidade daquele elegante comilão.

No meio da refeição, o marquês convocou Mérigot mais uma vez.

— Você terminou o fundo dos cremes de chocolate?
— Sim, meu senhor.
— Então traga-os para mim.
— Receio que ainda estejam quentes. Não estão prontos para serem retirados da fôrma.
— Traga-nos amostras. Duas para provarmos.
— Muito bem.
— Gosto de meu chocolate o mais preto possível — disse o marquês enquanto bebia o vinho. Estávamos já na terceira garrafa. — Preto como o cu do diabo.

Era estranho ouvi-lo falar de modo tão grosseiro, e devo confessar que aquilo me intrigou, pois ele era um homem de muito boas maneiras.

O chocolate então chegou, junto com dois copos de água gelada. Mérigot aconselhou-nos a limpar nossos paladares, para que pudéssemos distinguir cada gosto.

— Como na missa — observou o marquês. — Mas você conhece tudo a esse respeito. — Sorriu, referindo-se à minha aventura em Chiapas.

Os cremes de chocolate repousavam em uma salva de prata filigranada, como se fossem as jóias mais preciosas da terra.

Pus o creme na boca e deixei-o repousar em minha língua.

Lentamente o chocolate escuro impregnou-se em meu ser.

Dei uma ligeira mordida na casca crocante.

Quebrou-se delicadamente.

Saboreei o gosto forte do fruto macerado e o creme suave e aveludado da amora silvestre espalhou-se por meus sentidos, revividos e aquecidos pelo ressaibo do conhaque. Fechei os olhos e deixei o sabor tomar conta de mim. O gosto nunca permaneceu tanto tempo em minha alma.

— Excelente — interrompeu o marquês —. Mais conhaque, creio eu.

Mérigot deu um passo à frente e verteu o conhaque da garrafa.

— Pode deixar-nos agora.

O serviçal curvou-se e saiu.

— Andei pensando, meu caro espanhol — disse o marquês —, no quanto nossa vida assemelha-se a este chocolate. Estamos presos aqui, na Bastilha, assim como esse creme dentro desse chocolate. As paredes da prisão são escuras como o chocolate, mas certamente somos o creme dentro dela.

— Isto é verdade — comentei. — E o creme está no chocolate, como o cérebro no corpo. Ou, talvez, a amora silvestre seja o cérebro, o creme seja a alma e o chocolate, o nosso corpo.

Eu estava mais bêbado do que jamais estivera.

— Nosso corpo... — prossegui —, que pode partir-se tão facilmente, liberando os fluidos que tem dentro.

— Tudo — disse o marquês —, nossas vidas podem ser explicadas pelo chocolate.

— Os chocolates são como estrelas no céu diante de nós — observei com seriedade. — Cada um tem uma identidade única, mas são parte do todo.

— Eles são remédio e prazer. Não precisamos de outro alimento — prosseguiu o marquês.

Ficamos sentados num silêncio satisfeito.

Então o marquês inclinou-se para a frente.

— Mas precisamos de um pouco de Armagnac.

Curvou-se com avidez, mas descobriu que não conseguia esticar-se o suficiente e voltou a se recostar na cadeira. Parecia que mal podia se mover.

— Mérigot! — gritou, mas não teve resposta.

O marquês estava preso na cadeira.

— Não importa — comentou, embora a posição fixa o estivesse preocupando um pouco.

Permaneci sentado, poupando-o da humilhação de pedir minha ajuda. A noite estava calma, e havia apenas o som do fogo para nos entreter. Bocejei, satisfeito. Pedro deitou-se ao lado do fogo e preparou-se para dormir.

— Você está cansado — observou o marquês, apontando para mim.

— Estou, mas também estou satisfeito.

Finalmente, fazendo um grande esforço, ergueu-se da cadeira.

— Pode dormir no meu sofá se quiser. Tenho trabalho a fazer.

— Sinto-me sem vontade de me mover. Poderia continuar comendo para sempre — respondi.

— Comer. Beber. Descansar. O que mais podemos querer? — perguntou, atravessando o quarto até sua escrivaninha. Então aparou o pavio de sua vela, pôs outro chocolate na boca e começou a ler *L'Histoire des Filles Célèbres*.

Enquanto o fogo crepitava diante de mim, percebi que nunca estivera tão aquecido durante meu cativeiro, e caí num sono profundo.

Todas as preocupações do mundo desapareceram.

Paz.

Sono.

E a lembrança do chocolate.

Sonhei com as mulheres de blusas vermelho-escuras de Chiapas, lamentando nunca ter feito amor com elas. Ali estava a minha chance da capturar aquele momento, mesmo que fosse apenas na fantasia de um sonho. Imaginei uma de cada lado, despindo-me e depois tirando lentamente as próprias roupas. Era uma tarde quente, e as mulheres diziam-me que fazia muito tempo que não me viam, e que desejavam compartilhar os prazeres de seus corpos comigo. Uma deitou-se por baixo enquanto a outra deixou os seios caírem sobre meu rosto. Lentamente, e com infinita ternura e prazer, eu estava a ponto de ser levado ao auge da excitação quando ouvi Pedro ganir alto, como se estivesse me avisando de alguma coisa terrível prestes a acontecer. As mulheres imediatamente se afastaram de mim, sumindo diante de meus olhos, deixando-me só.

Furioso com a interrupção, e já a ponto de ralhar com o cão, percebi que despertara.

A advertência de Pedro não fora um sonho.

Tentei focalizar a visão.

Aquilo era real?

O marquês estava ajoelhado no chão, nu. E sorrateiramente movia-se em direção ao meu cão, com o *molinillo* na mão direita. Ficou por trás do galgo e pôs o *molinillo* no chão. Então ergueu as pernas traseiras de Pedro e começou um ato que só posso descrever como de excitação sexual simultânea. Quando finalmente fiquei lúcido, percebi de repente que o *molinillo* estava prestes a ser usado de modo inédito, e que eu teria de agir com muita rapidez para evitar a sua inserção no traseiro de Pedro.

— Pare! — berrei.

— Não interrompa — gritou o marquês. — O arco está retesado, a flecha está pronta para ser disparada.

— Pare! — gritei de novo, mas o marquês começou a esfregar Pedro vigorosamente e ergueu o *molinillo*.

— A pistola está engatilhada, espero a explosão — exclamou. — Silêncio, espanhol imundo.

Avancei para ele, chutando o vil e flatulento marquês e derrubando-o no chão. Pedro ganiu, aterrorizado, e o *molinillo* caiu no chão.

Furioso, olhei para a massa escarrapachada diante de mim.

O marquês estava caído de costas, cercado de sua própria gordura, toda a dignidade perdida.

Mas não se dava por vencido.

Incapaz de se erguer, deu um rugido.

— Como ousa! — gritou. — Você está louco. Você nada sabe das coisas da vida.

— Não, senhor — gritei de volta. — Você afronta toda decência. Corrompeu meu cão, abusou de meu *molinillo* e maculou a memória da mulher que amo.

— Quem cala consente — alegou o marquês.

— Você é o homem mais vil que já conheci. A vida não significa uma existência de indulgência egoísta — gritei. — É um bem precioso e raro, e somos todos responsáveis uns pelos outros. Somos mais do que meros animais. Não compreende isso?

— Bah! — exclamou o marquês. — Possuímos nossa carne apenas para vivermos um momento de infinitude; devemos explorar todas as possibilidades...

— Não — gritei, puxando Pedro para perto de mim. — Você não pode explorar aquele que é vulnerável. Não pode haver amor sem responsabilidade.

— Amor? — gritou o marquês. — O que sabe sobre o amor?

— Mais do que você jamais saberá — menti corajosamente e fugi da sala.

Minha cabeça latejava e minha garganta estava seca. Uma noite de alegria hedonista terminara em vício e depravação. Senti uma vergonha profunda, e decidi que deveria fugir daquele lugar desesperador o mais depressa possível.

Nas duas semanas seguintes — ou pelo menos pareceram duas semanas, embora minha percepção do tempo já houvesse me abandonado — continuei a fazer minha escada de tecido e evitei qualquer contato com o marquês. Pedi permissão para mudar o horário do exercício diário com Pedro, e consegui um passeio adicional toda noite. Isso me deu tempo para planejar minha necessária fuga.

Eu teria de encontrar um meio de passar por três portas trancadas e então jogar minha corda pela janela da latrina; depois, teria de descer por ela muro abaixo, cruzar o fosso e fugir em segurança para leste. Não poderia ser muito mais difícil do que as coisas que eu já fizera no mar e, com minhas novas roupas, estava certo de que podia passar por um francês.

Então, uma noite, quando estava sentado na beira de uma das cadeirinhas de minha cela, ouvi o mais estranho dos ruídos. A princípio pensei que fossem ratos, e as orelhas de Pedro ergueram-se. Mas o som parecia-se menos com passos de animais, e mais com uma reverberação baixa.

Vinha de meu colchão.

Olhei para o outro lado do quarto. As lêndeas, ácaros e traças que infestavam minha cama estavam emergindo de seus ovos e casulos. Logo eu estava cercado de nuvens de mariposas escuras e borboletas azul-claras dançando diante de meus olhos enquanto voavam em direção à pálida luz acima.

Pedro começou a pular para pegá-las, latindo alegremente, e só tive tempo de ocultar a escada de cordas antes de ouvir a porta de minha cela se abrir.

Era o carcereiro Lossinote, que se surpreendera com o vigor dos latidos de Pedro.

— O que aconteceu? — gritou.

— Veja essas borboletas — respondi com falsa irritação. — Como posso dormir com elas voejando por aí?

Lossinote olhou, assombrado.

— São lindas.

O quarto estava repleto de uma verdadeira névoa de borboletas, o mais palpável símbolo de liberdade, vivo em minha cela.

— Temos de pegá-las — gritei. — Você tem uma rede?

— Claro que não — disse o carcereiro.

— Então teremos de usar as mãos, e soltá-las pela janela. Não posso dormir com tantas à minha volta. Além disso, e se elas se espalharem pelas celas vizinhas? Será um caos. Ajude-me e seja rápido.

Pulei para demonstrar como tal tarefa deveria ser executada, e Lossinote também começou a pular, apertando as mãos, divertido com a nova brincadeira em que estávamos empenhados.

Era um homem baixo e gordo, sem prática de caçar borboletas, e seu rosto começou a ficar ainda mais vermelho à medida que o tempo passava. Era evidente que não se exercitava muito, e que passara muito tempo na Bastilha comendo o melhor da comida destinada às nossas mesas.

Após meia hora conseguimos pegar umas oito ou nove borboletas, mas ainda havia umas trezentas voando em minha cela.

Lossinote estava sem fôlego.

— Precisamos de ajuda — gritei.

— Absurdo — respondeu o exausto carcereiro, deixando escapar outra borboleta. — Posso fazer isso.

Pedro latiu alto e o carcereiro subiu em uma cadeira para ganhar mais altura. Com grande esforço, deu um último pulo em direção às borboletas que passavam sobre sua cabeça.

Errou e caiu no chão sem sentidos, o rosto mais vermelho do que em toda a sua vida.

No mesmo instante, Pedro abocanhou a tira de couro com as chaves na cintura de Lossinote. Pegamos a escada de pano e descemos por ela rapidamente.

Era agora ou nunca.

Escorreguei pelos muros, segurando Pedro firmemente ao meu lado. Acostumados a subir o cordame de navios, descobrimos que descer era bem fácil, e logo atravessamos o fosso da grande prisão. Sem saber quanto tempo tínhamos antes de descobrirem nossa fuga, corremos pela Rue du Faubourg Saint-Antoine, da Bastilha afastando-nos.

No caminho cruzávamos com multidões que se dirigiam ao mosteiro de Saint-Lazare. Estavam obcecados por destruí-lo, e os grupos nos exortaram a acompanhá-los. Não tivemos escolha senão fazer o que diziam, para não sermos linchados. Na esquina da Rue de Montreuil, fui envolvido por outro redemoinho, cerca de duas mil pessoas, todas usando rosetas azuis e vermelhas, carregando pedaços de pau e gritando:

— Quando teremos pão?

No momento em que a multidão ameaçou ir às últimas conseqüências, corri por um beco estreito e bati na primeira porta que encontrei.

— Deixe-me entrar — gritei.

— Quem está aí? — perguntou uma voz.

— Em nome dos cidadãos da França, exijo que me deixe entrar. Fui um prisioneiro da Bastilha!

Subitamente a porta se abriu.

Pedro entrou pela fresta, e eu fui puxado para dentro e jogado no chão.

Seis franceses ergueram-se de seus tamboretes, olhando para meu corpo alquebrado. Uma cacofonia de acusações verteu de suas bocas.

— Por que veio até aqui?
— O que deseja?
— Como ousa nos interromper?

Olhei para cima, indefeso.

— Por favor...
— O que faremos com ele? — perguntou um outro. Falavam tão depressa que eu mal os entendia.

Pedro começou a latir, mas achou que era impossível impedir seus avanços.

Os homens começaram a fechar um círculo ao meu redor. Estava certo de que sofreria o pior espancamento de minha vida. Olhando um a um, parecia não haver possibilidade de misericórdia. Eu interrompera uma reunião muito solene e, ao que parecia, devia ser punido.

Não sabia onde estava e nem quem eram aquelas pessoas. Não sabia nada. Vi, mais adiante, uma mesa repleta de papéis. Facas, porretes, mosquetes, sabres e pistolas me cercavam, e havia uma mulher a um canto, tricotando com uma fúria quase demente. Outra arrancava carne da cabeça de um carneiro morto.

Mas então, pelo canto do olho, percebi o que parecia ser uma fileira de xícaras de porcelana. Eram quase idênticas às *trembleuses* do marquês de Sade.

Olhei para os homens que avançavam para mim, e novamente para a fileira de *trembleuses*.

— Esperem! — gritei.
— É amigo ou inimigo dos cidadãos da França?
— Amigo. Por favor. Deixem-me beber um pouco de chocolate com vocês e posso explicar tudo.

— Você conhece chocolate?
— Sim. Chocolate — repeti, sem saber o que fazia.
— O que mais conhece?
— Nada. Chocolate, chocolate, chocolate; é a única coisa que sei.
— Não acreditem nele — gritou a mulher que tricotava.
— Como conhece chocolate? — perguntou um homem grande e agressivo, com dentes desbotados.
— Aconteceu há muito tempo...
— Mas só escolhemos esta senha ontem...
— O quê? — gritei. — Nada sei a respeito de senhas.
— Então, por que a usou?
— Usei a palavra por acaso. Ela me ajudou freqüentemente em minhas viagens.

Os homens se entreolharam; a mulher não se impressionou.

— Não sei o que querem fazer. Passei muitos dias e noites na Bastilha, lugar escuro e ameaçador, repleto de armas, e do qual é impossível escapar.
— Quantas armas estão lá?
— Não sei. Mas há umas duzentas caixas de pólvora estocadas ali.

O líder recuou.

— Pólvora? — Olhou para os companheiros e depois virou para mim. — Acha que podemos pegá-la?
— Será difícil. Mas eu conheço todas as passagens da Bastilha.
— *Monsieur* — disse o homem com dentes desbotados —, se concordar em nos ajudar, então sua língua terá salvado a sua vida. À Bastilha, cavalheiros. A Revolução será nossa.

No dia seguinte, vi-me em meio a uma imensa multidão de gente desesperada: carpinteiros, sapateiros, chaveiros, alfaiates, marceneiros, mercadores de vinho, fabricantes de luvas e de chapéus, soldados, guardas e armeiros desertores. Parecia que estavam ali representadas todas as profissões de Paris, e todos convergiam para a Bastilha.

Enquanto nos aproximávamos da terrível instituição, o coração batendo mais forte diante da possibilidade de ser detido e aprisionado novamente, o governador enviou uma mensagem dizendo-se disposto a negociar com dois representantes da multidão, convidando-os para jantar com ele de modo que a situação pudesse ser resolvida pacificamente. As pessoas ficaram animadas com isso, mas depois de duas horas de espera por nossos representantes, começamos a duvidar das palavras do governador e a suspeitar que nossos concidadãos haviam sido presos.

Outro grupo de representantes foi enviado, exigindo a pólvora. Este também não teve sucesso.

A multidão impacientou-se, gritando "Dê-nos a Bastilha!", e começou a investir contra os portões. Um fabricante de carruagens subiu no telhado de uma loja de perfume contígua à prisão, pulou para o outro lado e cortou as correntes da ponte levadiça. Esta tombou pesadamente, matando um dos nossos, mas a multidão invadiu a prisão. Os soldados que defendiam a Bastilha abriram fogo imediatamente, e seguiu-se uma terrível batalha. Pedro estava aterrorizado. Era como se estivéssemos de volta ao sítio do México. Estávamos cercados de gente atirando, fumaça, carruagens em chamas e cavalos assustados. A batalha parecia que ia durar horas, mas às cinco da tarde o governador acenou com um lenço branco, e a prisão foi tomada.

A multidão avançou e pegou todas as armas e a pólvora que encontrou antes de libertar os prisioneiros e gritar triunfalmente por libertação. O marquês de Sade fora removido para Charenton e, na verdade, surgiram apenas sete prisioneiros, velhos, enfermos e espantados por voltarem a ver a luz. Ao observar a prisão que acabara de ser desocupada, pareceu-me estranho o fato de eu ter me preocupado em fugir. O major Whyte caminhou até onde eu estava, a barba à altura do umbigo e costeletas prateadas iluminadas pelos últimos raios de sol, e foi prontamente erguido pela multidão e declarado herói pelo sofrimento que suportara e pela resistência demonstrada durante o tempo que passara na prisão. A multidão irrompeu pelas ruas, carregando a cabeça do governador na ponta de uma estaca, num tumulto cacofônico. O grosso da multidão não sabia mais quem controlava a cidade e, nas semanas seguintes, qualquer tentativa de esclarecer a situação apenas resultava em mais caos. Assembléias eram convocadas, julgamentos eram realizados e políticos eram assassinados. Todos pareciam estar testando novas identidades, apagando o passado, embora ainda indecisos a respeito de seu novo papel. Cada dia trazia novas possibilidades e novos perigos.

Não tinha escolha a não ser tornar-me cidadão francês.

Após queimar as roupas elegantes que recebera na Bastilha, comprei um par de *sans-culottes* e mudei meu nome para David Dieugagne. Depois, tendo encontrado alojamentos próximos ao rio Sena, também consegui emprego temporário na fábrica de chocolate dos senhores Debauve e Gallais, na Rue des Saints-Pères.

Ali começamos a experimentar ingredientes importados, como salepo da Pérsia, e cachu japonês. Convencido das propriedades medicinais do chocolate, e conhecendo seu valor no tratamento daqueles que sofrem de doenças pulmonares, estômagos fracos e distúrbios nervosos, introduzimos uma nova linha de remédios, oferecendo um tablete especial para os enfermos ou para aqueles que sofriam dos nervos, uma pastilha com leite de amêndoas para mitigar dores do estômago, e uma *ganache* com creme de açúcar de cevada para senhoras delicadas. A farmácia estava sempre impregnada do aroma dessas novas criações e do cheiro de chocolate escuro, água de flor de laranjeira, âmbar-gris e baunilha, misturados ao perfume de damas ansiosas e bem vestidas, acompanhadas de chihuahuas pequenos e extremamente irritantes.

Fiquei amigo de um padeiro chamado Simon Delmarche, que pediu minha ajuda em um plano para combinar os princípios de fabricação de pão com as novas possibilidades oferecidas pelo chocolate. Ansioso para fazer amigos em vez de inimigos naquela grande cidade, disse-lhe que gostaria muito de ajudar, pois eu tinha realmente algumas idéias de como conseguir aquilo. Assim, durante um período aproximado de seis meses, levantávamo-nos cedo todas as manhãs para tentar várias combinações de farinha, água, amêndoas, fermento e cacau, até que, após diversas falhas desastrosas, conseguimos criar uma das mais simples, embora deva dizer uma das maiores, invenções conhecidas pela humanidade: o *pain au chocolat*.

No lugar onde me hospedava, também fiquei amigo de um cavalheiro austríaco baixinho e muito gordo, cujo sonho era instalar uma rede de hotéis por toda a Europa. Estava em Paris para comprar algumas das propriedades recentemente abandonadas pela aristocracia. Toda noite tomávamos chocolate juntos antes de irmos para a cama, e Franz falava da propriedade na periferia de Viena onde ele vivia com a esposa e três filhos. Era um homem gentil mas um tanto aéreo, que não compreendia inteiramente que os lucros de seu negócio poderiam despertar a fúria dos revolucionários. Adverti que era perigoso para ele falar em voz alta sobre os seus negócios, pois também podia ser confundido com um aristocrata, e nas semanas que se seguiram ficamos cada vez mais preocupados com a volatilidade da situação política, a desconfiança do povo em relação aos estrangeiros e a terrível introdução da guilhotina.

Embora estivesse contente com meu trabalho na fábrica de chocolate, não havia um dia em que não me sentisse incomodado. O segredo necessário a respeito de minha longa vida passada tornara-se quase intolerável. Estava aterrorizado com a possibilidade de ser desmascarado como impostor, de que as pessoas descobrissem que eu era espanhol e que, se eu viesse a contar a verdade, pudesse ser confundido, mais uma vez, com um louco. Sem meios de provar nossa identidade e sem saber se nossa lealdade à França seria levada a sério, chegou a hora em que Franz e eu fomos obrigados a concluir que a melhor coisa a fazer seria deixar a cidade.

Certo de que poderia encontrar emprego para mim em um de seus estabelecimentos em Viena, meu amigo convidou-me a acompanhá-lo em sua viagem de volta para casa. Era uma proposta que eu não podia recusar.

Assim, após nos despedirmos dos poucos amigos que fizéramos em Paris, Pedro e eu nos vimos viajando em uma confortável carruagem puxada por quatro cavalos brabantes cor de chocolate com cerca de dezessete palmos de altura. Embora nosso futuro fosse incerto e Pedro insistisse em lamber meu rosto e me lançar olhares ansiosos durante toda a viagem, eu nada podia fazer senão parecer esperançoso. Nossa confiança em Franz seria recompensada com uma vida mais segura, mais gratificante e confortável. Nosso futuro poderia ser mais assustador que nosso passado?

V

A propriedade ficava perto dos bosques vienenses e era conhecida tanto por seus laticínios quanto por seus damascos, colhidos em julho e agosto. Na verdade, a família era conhecida por seus licores, conhaques, compotas e geléias.

A dona da casa era uma mulher nervosa, alta e morena, tão esbelta quanto o marido era corpulento. De fato, pareciam exatamente o oposto um do outro: Franz era pequeno, louro, pesado e com tendência a transpirar demais, sempre enxugando a testa com um lenço. Sua mulher era pálida, empoada e magra. Juntos tiveram três filhos: Catarina, de dez anos, que cumpria as obrigações de mãe quando a sua estava debilitada demais para fazê-lo; Trude, uma menina teimosa de oito, e Edward, de três, um menino difícil e cheio de energia.

Na tarde em que cheguei a Viena, a família estava envolvida na preparação de uma geléia de damasco. Uma mesa de madeira fora armada no meio do pomar e as crianças corriam entre as árvores, escolhendo as frutas e pousando-as delicadamente em estreitos cestos de palha. Pedro acompanhava-as com entusiasmo, latindo feliz, pulando em cima delas, e em determinado momento chegou a pegar um damasco, empurrando-o com o focinho como se estivesse brincando com uma bola.

Era um belo dia de verão e o verde das árvores estendia-se diante de nós como se um artista o tivesse tirado de uma palheta: limão, verde-musgo, verde-da-prússia, esmeralda, verde-escuro, *terre-verte*...

Franz ficou encantado por estar em casa e abraçou a mulher com uma afeição desmedida.

— Berta, minha alegria, minha vida, minha mulher.

— Finalmente você está em casa. Agora posso descansar — disse ela. Era evidente que a maternidade a exauria.

— Trouxe um amigo encantador, meu tesouro.

A mulher livrou-se do abraço e virou-se para mim.

— Estou feliz por conhecer seu amigo — ela disse, cautelosa, limpando a mão no avental antes de estendê-la para que eu a beijasse.

Ela estivera cortando damascos na mesa, partindo-os ao meio, retirando as sementes antes de colocá-los nas tigelas rasas.

— Estamos fazendo uma geléia — anunciou. — Depois as crianças vão preparar um bolo.

O marido inclinou-se e apanhou um damasco.

— Eu gosto mais desta fruta do que de qualquer outra coisa no mundo — disse ele, deixando-a repousar em sua mão, rolando-a delicadamente para a frente e para trás sobre a palma. — Veja como é redonda e simples. É o nosso maior tesouro; sua estação é tão curta, tão rara a sua beleza...

Segurou o damasco contra a luz do sol.

— Você já viu alguma coisa com um brilho mais belo? Admire a sua cor. É o mais puro tom de laranja, o espelho da criação. Quando vejo um damasco perfeito, sei que Deus é bom.

— Todas as coisas são criadas à imagem de Deus — disse Berta.

De fato, parecia que naquela tarde estávamos no paraíso, cercados pelo riso das crianças.

— Experimente — ofereceu Berta, virando-se para mim. — Vou escolher um para você. Estenda a mão.

Olhei para seus olhos escuros e ela pôs o damasco na palma da minha mão.

— Experimente — disse novamente.

Olhei para o marido como se pedisse permissão, pois compartilhar tal néctar com uma senhora podia parecer um ato de infidelidade, tão sensual era a troca, mas ele simplesmente balançou a cabeça, concordando com a mulher, e fez um sinal indicando que eu podia prosseguir.

Ao morder a parte externa macia, o suco tomou conta de meu paladar, e fiquei surpreso pelo modo como a textura da fruta tornava-se cada vez mais macia, mudando lenta e voluptuosamente da pele macia para a polpa tenra e intensa. De repente, não pude deixar de pensar em Ignácia, em suas ancas redondas e abundantes, nos fluidos suaves de seu interior, na umidade doce como o mel que conheci.

— Em que você está pensando? — perguntou Franz.

Minha boca estava cheia de damasco.

— Isto não é o mais puro néctar? — continuou.

Olhei para o monte de frutas à minha frente.

— São tão puras quanto as nádegas de um recém-nascido — respondi, tentando tirar Ignácia do meu pensamento.

Berta estremeceu, afrontada. Esta observação fora claramente um erro. Catarina sorriu.

— O homem disse que são como o seu traseiro, Edward.

— Não, não são. O traseiro dele é maior — disse Trude.

— Basta — disse Berta, estremecendo outra vez. — Gostaria que se abstivesse de observação tão vulgar. Temos muito o que fazer aqui. Preciso preparar geléias e assar bolos.
— Peço-lhe que me desculpe — eu disse. — Fiz o comentário na maior inocência.
— Bum bum bum bum bum — cantou Edward.
— Quieto — gritou a mãe, mas o garoto riu e cantou novamente.
— Bum bum bum bum bum.
— Isto é intolerável.
— Bum bum bum bum bum.
— Berta, minha querida...
— Bum bum bum bum bum.
— Por que as crianças sempre fazem isto? Ninguém entende como é difícil.
— Bum bum bum bum.
— Ninguém entende ninguém, minha querida. Somos todos indivíduos... lançados à deriva nas águas da vida.
— Bum bum bum bum bum.
— Vocês são impossíveis... — Berta largou o lenço e correu para casa. As crianças olharam para ela com olhos arregalados. Meu amigo correu atrás, seguindo e chamando a mulher escada acima:
— Berta, minha querida Berta...
— Bum bum bum bum bum — cantava Edward.
— Pelo amor de Deus, cale a boca! — gritei.
— Não fale assim com nosso irmão — censurou Trude.
Não estávamos mais no Jardim do Éden..
Devo confessar que nunca tive intimidade com os jovens e nunca entendi esta obrigação que têm os pais de expressar para o resto da família um estado de espírito ou emoção que, a rigor, não

têm — seja autoridade, contentamento ou paciência. Notei que, muitas vezes, isto cria tensão e sofrimento.

No entanto, parece que ter filhos é o maior consolo para a morte, satisfazendo, ao menos em parte, o desejo de que uma centelha de nós sobreviva nas gerações futuras. Então, concluí que se quisesse realmente compreender este esforço comum para a vida eterna, teria de ajudar aquelas crianças e seus pais.

Certamente, a primeira coisa a fazer seria consertar a situação e descobrir alguma forma de diversão para as três delicadas criaturas que estavam na minha frente. Não era fácil.

— O que vamos fazer agora? — perguntei, percebendo que havia começado a minha estada em Viena do modo menos auspicioso.

— A mamãe irá para a cama. O papai irá consolá-la — afirmou Trude de maneira surpreendentemente casual.

— Você precisa nos ajudar — disse o menino de três anos, Edward. — Mamãe está triste.

As crianças falavam como se, desde o nascimento, tivessem uma madura compreensão da fragilidade humana.

— E o bolo? — perguntei com firmeza, recorrendo à única idéia prática que me veio à cabeça, pois sabia, das minhas conversas com Franz, que não há nada de que os austríacos gostem mais do que um bom pedaço de bolo.

— Você realmente sabe fazer bolo? — perguntou Catarina.

— Não têm cozinheira?

— A mamãe mandou embora.

— Nem uma empregada?

— A cozinheira e a empregada eram amigas. Foram embora juntas.

— E por isso estão sozinhos. Vocês não têm governanta?

— Ninguém fica muito tempo aqui.

— Por quê? — perguntei olhando o verde do pomar à nossa frente. — É um lugar muito bonito.

Catarina me olhou como se nunca tivesse conhecido alguém tão tolo.

— Meu pai não paga muito e estamos longe da cidade. As moças que tomam conta de nós sentem-se solitárias no campo e não querem se casar com fazendeiros.

— E a mamãe diz que elas são preguiçosas — acrescentou Trude. — Então ela chora como chorou antes, e nós temos de fazer tudo sozinhas. Por que você está aqui?

— Vim para Viena procurar emprego.

— O que você sabe fazer? — perguntou Catarina asperamente.

— Eu escrevo e sei falar várias línguas. Também sei cozinhar.

— Você vai ser nosso professor? — perguntou Trude.

— Acho que sua mamãe não aprovará.

— Você quer brincar com meus soldadinhos? — perguntou Edward.

— Por que você tem um cachorro? — perguntou Trude em tom de acusação.

Parecia que tudo o que as crianças queriam era me questionar. Isso era motivo de alarme porque eu conhecia a capacidade das crianças de chegar ao âmago de uma questão pelo processo de perguntas diretas, e ainda não estava seguro de minhas habilidades dissimuladoras. Se fosse obrigado a dizer a verdade sobre minhas aventuras, não saberia quando parar e seria acusado de corrompê-las com fantasias. A única opção seria mudar de assunto e evitar mais perguntas.

— Basta — pedi. — Vamos acabar de fazer a geléia e arrumar isto. Precisamos atrair a simpatia da sua mãe com o nosso esforço. Vamos surpreendê-la com um bolo.

As crianças estavam extremamente hesitantes e concluí que era preciso ser firme.

— Precisamos de ovos, manteiga, açúcar, creme e chocolate; três vasilhas, duas panelas, um *bain-marie*, colheres, espátulas e um batedor de ovos. Também precisamos de uma fôrma bem untada. Podem trazer isto para mim?

— Eu sei onde está — disse Catarina. — Eu até já fiz um bolo com a mamãe.

— Muito bem. Então você pode ajudar. Trude, você termina a geléia e Catarina e eu começamos o bolo.

— O que devo fazer? — perguntou Edward.

— Você pode ir brincar com o Pedro no pomar.

— Acabei de fazer isso...

— Bem, faça de novo — respondi.

Como poderia deixar três crianças me derrotarem?

— Separe os ovos — ordenou Catarina.

— Eu misturo a manteiga e o açúcar — disse Trude.

Catarina colocou uma panela de água no fogão e partiu o chocolate em pedaços dentro de uma vasilha que estava ali perto. Os damascos cozinhavam à parte.

A feitura do bolo foi, devo dizer, um processo complicado. O forno estava quente e Trude misturava a manteiga amolecida e o açúcar. Catarina pediu-me para acrescentar seis gemas de ovo, uma de cada vez, no chocolate derretido. Então mexeu lentamente, transformando a mistura em uma massa escura e exuberante.

— Agora bata as claras... — ela ordenou.

Saquei meu fiel *molinillo* e bati as seis claras de ovo. A mistura ficou mais firme e cresceu, formando uma espuma de glacê que parecia uma versão em miniatura das montanhas que vi no México. Trude acrescentou a manteiga e o açúcar ao chocolate de

Catarina, e misturei as claras de ovo e um pouco de farinha de trigo.

— Isto está muito pesado para mim — disse Catarina. — Pegue e continue mexendo.

Peguei a vasilha e queimei a mão com o vapor, mas estava orgulhoso demais para demonstrar a minha dor. Catarina então segurou a fôrma de bolo e pediu-me para despejar lentamente a mistura. Quando a massa grossa e escura começou a transbordar da vasilha, a dor da queimadura subiu pela minha mão e fui levado novamente ao México, à lembrança das chamas, ao dia em que jurei meu amor por Ignácia. Não importa quanto tempo eu vivesse, ela sempre estaria comigo. Eu a levaria como um tesouro, deixando-a vagar pela minha mente, saboreando cada detalhe: a expressão dos seus olhos, o caimento dos seus cabelos, a postura de sua cabeça — era uma lembrança tão poderosa que poderia levar à morte.

Catarina pegou o bolo e meteu-o no forno. O barulho da porta despertou-me do devaneio.

— Agora o glacê — eu disse quase para mim mesmo, derretendo mais chocolate. De repente, fiquei triste. Isto era como estar perdido, pensei, isolado da vida, vivendo das lembranças porque o presente jamais seria tão vivo e vibrante novamente.

— Vai dar certo? — interrompeu Trude.

— Só estou em dúvida quanto ao seu forno — respondi. — Não estou acostumado com ele.

— Como vamos saber quando o bolo ficará pronto? — perguntou Trude.

Eu não conseguia pensar em uma resposta. Toda a minha segurança havia desaparecido.

— Quando o cheiro estiver no auge — respondeu Catarina, séria.

— E quando será isso? — perguntei.

— Dentro de uma hora. É um cheiro que sempre reconhecemos. Nossa mãe nos ensinou. É um cheiro que nos dá a certeza de que estamos em casa.

Finalmente comecei a sentir o aroma do bolo de chocolate. Espalhava-se no ar e enchia a sala de tranqüilidade, enquanto minha confiança voltava lentamente. Parei para ver as duas meninas que despejavam o glacê em uma placa de mármore, e pareceu-me então que o presente não precisava necessariamente ser tão terrível, que poderia haver momentos na vida, por mais curtos que fossem, nos quais o medo e a ansiedade poderiam ser aliviados, e a dor da ausência e da perda desapareceria, mesmo que só por um instante, deixando apenas a limpidez, a verdade e a simplicidade familiar de crianças assando um bolo de chocolate.

Eu queria ver o bolo crescer, ver o processo se desenvolver diante dos meus olhos para poder fixar no tempo este momento e lembrá-lo para sempre. Atravessei a sala para abrir a porta do forno e apreciar o mais profundamente que pudesse o aroma do chocolate, ver a mistura crescer diante de mim. Ia dar tudo certo.

— Não abra a porta! — gritou Catarina.

Era tarde demais. A mistura deformou-se e cedeu.

— O que você fez? — disse Trude, atravessando a sala para testemunhar a minha catástrofe.

— Eu não sei.

— Está arruinado — disse Catarina, afastando-me e puxando a fôrma do forno.

— Você devia ter esperado. Toda a arte de fazer um bolo depende de temperatura e paciência. Você não sabe disso?

— Não — respondi.

Não importava quanto tempo eu vivesse. Parecia que estava destinado a ser um homem que não compreendia o senso de oportunidade.

— Veja só — ela gritou. — Está um desastre.

O bolo cedeu no meio e agora parecia uma orelha de elefante. Estava mais raso do que quando fora para o forno.

— Temos que começar tudo de novo — concluiu Catarina.

Edward e Pedro chegaram, vindos do pomar. O menino olhou-me com seriedade.

— Eu quero bolo.

— Só está bom para o cachorro — disse Catarina.

— Não dá para consertar? — perguntei, tentando ser otimista. — Talvez pudéssemos comer um bolo solado....

— Não. É inútil. Precisamos começar novamente. Vou pegar mais ovos no galinheiro.

Catarina saiu da sala resmungando alguma coisa que não entendi direito, mas que deve ter sido "imbecil". Olhei para a cena triste diante de mim. Não há nada mais apavorante do que o desprezo das crianças.

— Experimente — disse Trude.

Peguei um pedaço e levei-o à boca. Estava morno e borrachudo. Trude cortou o bolo em pedaços, dando um para Edward, outro para Pedro, não sem antes comer um pedacinho.

— Tem gosto de peixe — ela comentou.

— Não, não tem — eu disse. — Tem gosto de chocolate e ovo, e talvez um pouco de couro.

— Com certeza arenque — ela insistiu.

— Como pode ter gosto de arenque? — perguntei.

Porém Trude não queria mais nada comigo. Jogou o resto do bolo no chão e Pedro começou a destroçá-lo.

— Pelo menos alguém gosta — disse Catarina voltando para a sala com seis ovos.

— Vamos começar novamente. Tire a geléia do fogão e deixe-a ao lado para esfriar.

Olhei para a mistura gelatinosa e alaranjada, tão densa e rica, o mais puro e perfeito concentrado de damascos, e o separei. Depois comecei a bater as claras de ovo mais uma vez. Quando cheguei ao mesmo ponto em que estava apenas uma hora antes e aconteceu a mesma coisa, ocorreu-me que eu talvez devesse continuar tentando até aprender a fazer corretamente cada coisa. Precisaria repetir o processo várias vezes até aprender coisas como nunca abrir um forno enquanto o bolo estiver assando. Só então eu estaria pronto para aprender sobre amor, desejo, lembranças, morte e todas estas coisas que deixam as pessoas acordadas durante a noite.

Pensei outra vez em minha vida e em meu passado, incapaz de acreditar que aquele momento que eu estava vivendo já fora um futuro inimaginável, e que em breve, muito em breve, se tornaria um tempo há muito passado. Então, um medo terrível me dominou: a percepção de que eu não sabia quantas lições precisaria aprender ou que tarefas teria de realizar antes que minha vida se acertasse e eu começasse a ver as coisas claramente. Eu havia perdido a natureza e o sentido de minha busca e estava agora à deriva, como um navio sem comando, leme ou âncora, apenas com a memória para me guiar.

Olhei novamente para as crianças calmamente concentradas ao meu redor, Pedro comendo o bolo de chocolate, a vida continuando com todos os seus detalhes e trivialidades, e comecei a me perguntar como deveria viver a minha vida e que objetivo daria sentido aos meus dias. Talvez eu devesse simplesmente confiar na sorte e no acaso, e esperar que, quando aprendesse a verdadeira natureza do meu destino, me seria permitido morrer.

Estes são os pensamentos que um homem pode ter enquanto cozinha. Então despejei a mistura de chocolate na fôrma de bolo e novamente o cheiro tentador espalhou-se diante de mim. Finalmente, quando parecia não haver mais nenhum espaço do cômodo, nenhuma fresta ou canto que não estivessem tomados pelo aroma do chocolate, abrimos a porta do forno.

O bolo havia crescido. Tirei-o do calor e pousei-o no aparador para esfriar perto da geléia de damasco.

Edward subiu em um banco.

— Não toque nisso — gritou Trude. — Saia daí e vá brincar com seus soldados.

Ela pegou uma caixa de soldadinhos de chumbo e começou a alinhar o exército austro-húngaro contra o francês. Então, pegou um pedaço de fio e dividiu o bolo em duas metades.

Catarina começou a preparar o glacê. Despejou o açúcar e água em uma panela grande e a pôs para ferver. Então misturou o chocolate derretido até começar a ficar consistente. Passou o glacê para uma panela menor e despejou a mistura numa placa de mármore. Enquanto isso, pediu-me para virar a mistura e dobrá-la com uma espátula. O caldo começou a engrossar e a ficar mais firme e mais claro.

— Este é um momento decisivo — disse Catarina. — Trude, traga o bolo.

A irmã virou-se e deu um grito.

— Edward!

Ficamos horrorizados.

O bolo brilhava à luz do anoitecer com uma nova textura pois Edward havia subido novamente no banco e coberto o bolo inteiro com a geléia de damasco.

— O que você fez?

— Bolo de damasco — ele disse, lambendo a espátula que havia usado.

— Saia daí — gritou Trude, puxando Edward. Ele começou a gritar e a chorar, mas estava à mercê da irmã, que o trancou no cômodo ao lado.

— Brinque aqui e não volte até que eu o chame.

Edward começou a choramingar e a bater na porta, mas suas irmãs foram inflexíveis. Ele estava expulso.

— Por que não o impediu? — Trude gritou para mim.

— Eu não vi.

— Você serve para quê? Tem alguma coisa na vida que saiba fazer? — gritava Catarina.

— Você não está sendo muito dura com seu irmão? — perguntei calmamente.

— Você não sabe nada sobre crianças, não é? — gritou Catarina.

— O que vamos fazer? — choramingou-se Trude. — Não dá mais tempo de fazer outro bolo. O papai vai descer a qualquer momento e a mamãe vai ficar histérica.

— Não podemos cobrir o damasco com chocolate? — sugeri.

— Não seja ridículo.

— Não temos escolha — prossegui. — E se deixarmos o damasco assentar e então aplicarmos o chocolate?... Olhem...

— Não toque nele... — Catarina gritou novamente.

— Não, deixe — insisti, juntando as duas metades do bolo.

— Pare — disse Trude, desesperada.

— Não — gritei. — Não paro.

Recusei-me a obedecer às ordens das crianças e comecei a espalhar mais geléia de damasco em cima do bolo.

— Se fizermos isto liso e nivelado... — eu disse, tão calmo e autoritário quanto podia.

— Em vez de grudento e encaroçado... — Trude interrompeu.

— Se deixarmos isso liso e todo por igual, talvez possa dar certo — repeti. — Catarina, por favor, continue a mexer o chocolate até ficar mais grosso — ordenei. — O damasco vai conservar a massa úmida. É preciso ficar com a consistência certa.

Catarina olhou-me com descrença.

— Espero que saiba o que está fazendo.

— Senhorita — eu disse —, talvez tenha apenas a força dos desesperados a me guiar, mas se existe alguma coisa no mundo que eu conheço, esta coisa é chocolate. Porque este líquido escuro é o mais perfeito companheiro para todas as comidas e, usado da maneira correta, não existe praticamente nenhum comestível com o qual ele não possa ser comido ou bebido. Testei recentemente seu sabor com amoras. Não há motivo para que não possa ser compatível com damasco. Agora, por favor, deixe-me colocar a mistura no bolo.

O chocolate quente encontrou o reluzente damasco, e eu espalhei a camada espessa e escura pela superfície.

— Papai nunca provou algo parecido — disse Catarina — e pode ser demais para os nervos da mamãe.

Sua irmã olhou para o saguão como se um dos pais pudesse surgir a qualquer momento e explicou:

— Sabe, ela está ficando louca com o ronco dele.

— Tenho certeza de que seu pai ficará fascinado. Só lamento que sua mãe possa sofrer.

— Ela está sempre ansiosa.

— Por que não procura um médico? — perguntei, ainda espalhando o chocolate. As coisas pareciam mais calmas agora.

— Os médicos dizem que não há cura para a ansiedade dela. Eles lhe dão sais e recomendam que evite ficar agitada. Papai come para se consolar, mas quanto mais ele come, menos ela come.

— Mesmo assim eles se amam — eu disse.

As crianças ficaram em silêncio. Eu não tinha certeza se deviam falar assim tão abertamente sobre os pais, mas parecia que naquela casa todos os papéis estavam trocados.

— Sinto muito pelos dois — eu disse com firmeza.

Nesse momento, Franz apareceu no alto da escada.

— Minha mulher pede desculpas — disse ele. — Ela está infeliz com tanta agitação e acha as crianças muito cansativas. Vamos jantar na cidade hoje à noite, em um dos meus hotéis. Espero que venha conosco.

— Será uma honra.

Então ele parou para olhar o caos na cozinha.

— Crianças, o que vocês andaram fazendo?

— Este homem fez um bolo — disse Catarina asperamente.

— É uma experiência — expliquei. — As crianças foram muito prestativas.

— Está muito escuro e me parece mais espesso do que o normal — observou Franz.

Era evidente que ele estava desconfiado.

— Deixe-me cortar um pedaço para você, papai — disse Catarina.

— Muito bem, vou experimentar.

A faca de prata penetrou fundo na espessa camada de chocolate, atravessando lentamente o damasco e a massa. Depois de um segundo corte, a fatia estava solta.

Trude trouxe um pouco de creme e pôs um prato em frente ao pai.

— O que aconteceu com esta torta? — exclamou o senhor Sacher. — Parece muito molhada.

Uma deliciosa mistura de sensações deve ter-se espalhado pela boca de Franz, pois um sentimento de absoluto prazer e surpresa pareceu envolvê-lo. Era como se compreendesse de repente o sentido da palavra êxtase. Ele nunca provara um bolo assim antes. A maciez da massa, a viscosidade do damasco e o crocante do chocolate combinaram-se para criar uma sublime sonata de prazer gastronômico.

Largou o garfo na mesa, fez menção de falar mas mudou de idéia.

Não podia fazê-lo.

Falar agora só iria retardar mais o prazer.

Serviu-se de mais um pedaço e repetiu a experiência.

Só depois de ter comido mais cinco pedaços em silêncio pôde considerar a possibilidade de falar.

Recostou-se na cadeira e passou um lenço na testa suada.

— Isto está magnífico — exclamou finalmente. — Damasco e chocolate. Nunca pensei em misturá-los.

Então levantou-se e sorriu para as filhas.

— Vocês precisam provar esta torta. Catarina, corte mais uns pedaços. Trude, vá buscar sua mãe. Edward! Onde está o Edward?

A porta se abriu e apareceu um menino com olhos chorosos.

— Fui eu, pai, e aceito o meu castigo.

— O que você fez?

— Pus o damasco no bolo.

— Foi, meu garoto?

— Desculpe.

Ele parecia pequeno, vulnerável e derrotado.

— Não... não... não. Não pode ter sido você — disse o pai.

— Deve ter sido Diego.

Edward pareceu espantado. Não podia entender como ia escapar do castigo.

Catarina fez uma careta e me olhou sem dizer nada, como se testasse minha honestidade.

— É verdade — admiti. — Seu filho acrescentou o damasco.

Edward olhou-me com medo e ódio, como se eu o tivesse traído.

— Mas o que ele fez agora? — exclamou a mãe, entrando na cozinha. — O que andou acontecendo na minha cozinha? Será que ninguém vai me deixar em paz?

— Prove isto, minha querida — disse o marido. — É a mais extraordinária invenção. Temos de levar isso para o hotel hoje à noite e mostrar para o chefe de cozinha.

Berta mastigou o bolo morno e úmido em sua boca franzida e seca. Imediatamente sua expressão mudou, passando da desconfiança ao prazer, enquanto as ricas delícias desta criação acidental insinuavam-se por todo o seu ser.

— Senhor — disse ela, com a boca ainda cheia de bolo e creme. — Isto é realmente uma invenção extraordinária.

— Foi seu filho quem fez.

Mãe e pai olharam para a criança pequena e nervosa.

A mãe virou-se rapidamente para ele.

— Meu filho — disse Berta com lágrimas nos olhos. — Você fez isto?

— Fiz, mamãe...

Então ela deu-lhe um abraço muito apertado, como uma mãe jamais abraçou um filho.

— Ah, meu menino querido, *mein liebchen*...

A cabecinha de Edward repousou em seu ombro, e ele olhou para seu pai confuso e radiante. Era um círculo de amor familiar fechado, como se protegessem uns aos outros dos perigos do mundo. Compreendi que era por isso que as pessoas tinham filhos, não para deixarem uma imagem delas no futuro, mas para vestirem uma pequena armadura, mesmo frágil, e com ela enfrentarem as terríveis inseguranças de nossa existência.

— Como vamos chamar este bolo? — perguntou Trude.

Cada membro da família provou outro pedaço e tentou pensar em um nome, como se o delicioso sabor daquela iguaria pudesse trazer inspiração. O Bolo de Edward... Chocolate Surpresa... A Loucura de Diego... até que finalmente tive uma idéia:

— Vamos chamá-la de sachertorte, em homenagem a este dia e a esta família — eu disse.

— Uma ótima idéia, meu bom amigo — respondeu Franz. — Vamos preservar a memória da família em um bolo.

A mulher enxugou uma lágrima e desculpou-se por sua rispidez inicial.

— Meus nervos andam tão mal — soluçou.

— Eu recomendo chocolate para todas as debilidades nervosas, senhora — respondi —, se me permite aconselhá-la...

— Claro, claro.

— Espero que me perdoe por minhas loucuras em sua cozinha.

— Eu perdôo, Diego — ela disse calmamente. — De todo o coração.

Então ela estendeu a sua mão delicada para que eu a beijasse. Finalmente, estava tudo bem.

Naquela noite levamos os restos do bolo para nosso jantar no hotel e Sacher insistiu para que, na manhã seguinte, eu ensinasse a receita ao cozinheiro, prestando atenção especial à relação entre a umidade do bolo, a textura do damasco e a escura maciez do chocolate. Só usaríamos os melhores ingredientes e serviríamos o bolo com um creme fresco, levemente adocicado, para dar um toque final, realçando a textura e os sabores.

Devo dizer que foi um sucesso.

VI

Este bolo mostrou-se perfeito para o temperamento vienense, e logo fui alçado ao comando de uma pequena *delicatessen* dentro do hotel, para que a sachertorte fosse vendida ao público. Era um inverno rigoroso e os moradores da cidade davam a impressão de estarem enrolados em todas as roupas que encontravam, comendo em excesso sempre que podiam, engordando para enfrentar o frio. Observando-os, compreendi pela primeira vez o que significava "nós somos o que comemos". Também percebi que talvez não devêssemos nos surpreender por nos sentirmos refrescados por uma *grapefruit*, mais leves com um suflê de limão, arrebatados pelo vinho ou reconfortados pelo chocolate. Na escolha dos alimentos podemos prever nosso futuro bem-estar; não só de nossos corpos, que são confortados, preenchidos, exauridos ou sobrecarregados, mas também de nossas mentes. Comecei a perceber que o alimento pode realmente gerar emoção; e que, enquanto certas substâncias podem nos tornar agitados e agressivos, outras podem aliviar e acalmar. Comecei a estudar para saber onde estas emoções poderiam se encontrar e em que parte da anatomia estavam concentradas, descobrindo que o álcool me deixava deprimido, que meu estômago não se dava bem com ovos e queijo (provocando medo e insegurança), enquanto a lingüiça deixava meu rosto gorduroso e meu corpo letárgico. Só o chocolate proporcionava estabilidade e consolo.

A *delicatessen* fez tanto sucesso que nos permitiu contratar mais funcionários, e fui liberado da supervisão diária para poder concentrar-me em minha pesquisa. O senhor Sacher estava convencido de que eu poderia criar novas delícias, e forneceu-me um pequeno laboratório culinário perto da cozinha, no qual eu poderia realizar uma série de experiências. Pediu-me para prestar atenção particular à criação de licores de chocolate para os hóspedes saborearem na sala de fumantes, após o jantar. Minhas prateleiras logo ficaram repletas de estranhos marinados, potes de picles e frutas fermentadas. As amoras eram aninhadas sobre creme de cassis, as cerejas, mergulhadas em conhaque, e as ameixas melhoravam muito quando saturadas com *slivovitz*. Creio que fui o primeiro a usar uma antiga forma de Grand Marnier, permitindo que a força do chocolate se misturasse com o sabor ácido da laranja e a agressividade do álcool.

Mas, com o passar dos anos, e minhas experiências tornando-se cada vez mais complexas, fiquei mais apaixonado pelo álcool do que pelo chocolate. Comecei a beber enquanto trabalhava, enchendo os copos ao meu lado enquanto criava um *kirsch* ou recheava de conhaque uma bola de chocolate. Acabei me dando conta de que não conseguia mais cozinhar sem este necessário estímulo.

Depois de alguns meses, o vício me dominou com tanta força que caí na armadilha antes de perceber o que havia acontecido.

Quando caminhava pelas ruas de Viena, na Graben ou na Kartnerstrasse, culpava minha longevidade, meu tédio e minha falta de esperança por esta enganadora e mentirosa atração pelo álcool. Embora o chocolate fosse capaz de mitigar uma ânsia urgente, descobri que me deixava satisfeito muito facilmente, enquanto o vinho ou o conhaque proporcionavam prazeres mais sofisticados. Com o álcool eu não precisava mais ser prisioneiro de uma longa memória e de um futuro incerto. Podia me desligar lentamente da consciência, escapando do terror de minha vida interminável, libertando-me no esquecimento.

No início, convenci-me de que isto era bom e fui procurar os que bebiam, reconhecendo-os pelas bochechas coradas, os cabelos desgrenhados e os modos emotivos e distraídos. Após uma pequena contrariedade ou uma cega ambição, estas pessoas haviam procurado no álcool o mesmo desesperado alívio que eu buscava. Por causa do medo, da necessidade de coragem, acreditavam que beber poderia torná-los mais seguros, mais felizes, mais argutos, mais espalhafatosos, mais inteligentes, ou simplesmente fazê-los esquecer os sofrimentos da vida.

Com estas novas amizades eu procurava convívio, fuga do trabalho e liberdade, não percebendo que, quando o álcool parece estar proporcionando a maior liberdade, a pessoa está mais presa a ele. Notei o sacrifício que as pessoas faziam para comprar mais bebida, adquirindo quantidades pequenas e regulares para que o efeito fosse menos visível. Naqueles que ainda mantinham seus empregos observei a ânsia de agradar misturada com o terror de serem descobertos, enquanto naqueles que havia muito tinham perdido a luta pela autopreservação eu via apenas resignação, aceitação e a entrega a alguém que pudesse salvá-los.

Talvez meu alcoolismo fosse uma tentativa de suicídio lento, um esforço para fazer passar o maior tempo possível e acabar com a terrível sentença de minha vida lenta.

Sentia-me ainda mais distanciado das realidades do cotidiano de minha existência, como se fosse um sonâmbulo, perseguido pelas lembranças, sem saber se vivia ou se sonhava.

Enquanto as multidões ao longo da Kartnerstrasse pareciam compreender o objetivo de suas vidas, cumprindo suas obrigações e responsabilidades com austeridade e com uma determinação um tanto estóica, incapazes de viver e não querendo morrer, minha vida era exatamente o oposto. Eu continuava sem querer viver e era incapaz de morrer.

As pessoas nas ruas também me pareciam estranhamente familiares, embora soubesse que não poderia tê-las conhecido antes. Era como se fossem fantasmas de pessoas que eu conhecera séculos antes, e enquanto viajavam através de suas vidas, convencidas de seu próprio e exclusivo lugar no universo, eu não podia deixar de pensar que levavam uma existência quase idêntica à daqueles que passaram antes deles. Claro que o mundo mudara, mas a natureza de seus habitantes não.

Tudo me parecia ao mesmo tempo estranho e familiar. Eu ficava freqüentemente, confuso pois cada dia agora parecia a repetição do outro. Às vezes eu sonhava que a cidade estava repleta de pessoas idênticas, todas movendo-se no mesmo ritmo; outras vezes sonhava que estava cheia de diferentes versões de Ignácia, e que eu seria assombrado por cada uma delas até encontrar meu verdadeiro amor. À minha frente, muitas vezes via mulheres que se pareciam com ela. Caminhava atrás delas imaginando o que aconteceria se meu instinto estivesse certo. O cabelo de uma mulher pode ter o mesmo caimento e ela pode ter o mesmo andar. Minha lembrança era tão indefinida que eu seguia em transe estas mulheres, sem ousar acreditar que finalmente poderia encontrar Ignácia, com uma excitação extrema diante da possibilidade de um feliz encontro e da salvação eterna caminhando poucos passos à minha frente. Mas cada vez que apressava o meu passo e ficava ao lado da mulher, podia ver que o nariz era diferente, ou que o cabelo não tinha o mesmo caimento, ou que ela usava óculos. Então ficava horrorizado com a estupidez de minha imaginação. Estas mulheres eram apenas distorções de Ignácia. Não eram ela, e nunca poderiam ser. Agora meus sonhos e meu desespero se estendiam tão profunda e monotonamente pelos meus dias que eu bebia ainda mais.

Então, acreditando que a vida não oferecia saída para minhas desilusões e nem consolo para o meu desespero, decidi que devia parar com esta perseguição humilhante e sem sentido a mulheres pelas ruas de Viena e procurar um modo mais objetivo de aliviar a falta de Ignácia, mesmo que tivesse que pagar por isso.

A moça que visitei chamava-se Cláudia.

Pensei em procurar uma pessoa tão morena quanto Ignácia, mas achei que isto só iria piorar minha depressão. Seria melhor encontrar o oposto, e Cláudia era exatamente isso. Sua característica mais notória era a longa cabeleira ruiva, que parecia nunca ter sido cortada. Descia-lhe como uma cascata pelas costas até a cintura. Possuía também a tez mais pálida que eu já vira. Era tão pálida e delicada que às vezes corava ao redor do pescoço como se estivesse usando um colar de um rosa desbotado, o que lhe dava um encanto vulnerável, mas especial. Embora ela com certeza fosse mal nutrida, pobre e desesperada, havia uma segurança em seu comportamento e tamanha força em suas convicções que eu não pude deixar de me entregar à sua estranha beleza.

Foi uma relação degradante que durou vários meses: ela precisava do meu dinheiro enquanto eu precisava do seu conforto, e fomos envolvidos em uma espiral descendente de desespero. Eu punia Cláudia por sua disponibilidade e sua pobreza, castigava Ignácia por não estar comigo, e a mim mesmo por minha depravação. "É isso que os homens fazem?" perguntava a mim mesmo. "É este o nosso lado sombrio?" Havia tão pouca ternura em nossas ações que comecei a temer nunca mais ser capaz de sair das sórdidas profundezas em que me encontrava e descobrir o verdadeiro amor novamente, pois parecia que eu havia perdido a mais preciosa de todas as qualidades humanas: a esperança.

— Por que você faz isso? — perguntei a Cláudia uma noite, depois de termos mais uma vez procurado alguma forma de alívio para nossos infortúnios.

— E você? — respondeu.

— Pelo desespero...

— Então você sabe a resposta.

— Então somos iguais — eu disse, percebendo que meu tempo acabara.

Cláudia levantou-se da cama e começou a recolher sua lingerie. Virou-se e olhou-me ferozmente nos olhos, sua nudez atrevida diante de mim.

— Não. Não somos — disse ela, encolerizada. — Você pode se cuidar. Você tem dinheiro e privilégios. Eu nada tenho.

Ela foi até um pequeno banheiro e começou a se vestir.

— Você tem beleza — eu disse.

— Uma beleza efêmera. Os pobres não vivem muito.

Eu sabia que ela odiava estas conversas. Homens privilegiados tinham uma estranha fascinação pela pobreza da prostituição.

— Quanto tempo?

— Amarre meu espartilho, por favor — pediu, sentando-se novamente na cama. — Meu pai morreu aos quarenta anos.

— É estranho que você queira viver e eu queira morrer — eu disse, puxando os cordões do corpete.

— Eu não tenho o privilégio de escolher — respondeu com firmeza.

Sentindo os cordões entre os meus dedos, dei-me conta de que poderia tanto apertá-los o mais fortemente possível quanto tirar as roupas dela mais uma vez. Eu queria possuí-la novamente e comecei a beijar-lhe o pescoço, puxando-a para a cama, mas Cláudia escapou de mim.

— Você precisa ir. Meu próximo cliente está para chegar.

— Deixe-me pagá-lo para ir embora.

— Não. Porque se eu perdê-lo e depois perder você, fico sem nada — disse ela, metendo-se em seu vestido.

— Você não me ama? — perguntei.

— Como posso amá-lo? Você me ama?

— Eu gosto de você — respondi. — Preciso de você.

— Mas você não me ama.

— Não.

— Então o que devo fazer?

— Você tem esperança de amar?

— Eu estou além do amor — disse Cláudia.

— Você é muito jovem para ser tão triste.

— O amor é mais raro do que você pensa.

Tornou-se penoso visitar Cláudia. Ela havia se fechado tanto para o mundo que após várias semanas em sua companhia resolvi que precisava fazer alguma coisa para acabar com seu ar triste e desconfiado. Queria despertá-la, trazê-la de volta à vida. Talvez até pudéssemos salvar um ao outro.

Então, no meu aniversário, no início de junho, colhi os primeiros morangos do verão em um cesto e pedi-lhe para acender a lareira. Ela disse que o quarto estava quente o suficiente e que o último gelo com certeza já havia derretido, mas eu a convenci de que a mais deliciosa experiência sensorial aguardava por ela.

Depois de colocar os morangos em uma vasilha de cristal, comecei a derreter no fogo um chocolate escuro e amargo em um banho-maria improvisado. Se o marquês de Sade fora tão bem-sucedido com suas amoras, eu sabia que poderia facilmente chegar ao mesmo resultado com uma fruta mais saborosa e suculenta.

E então, enquanto o chocolate derretia e seu aroma enchia o quarto, Cláudia e eu começamos a despir um ao outro lentamente, deixando nossas roupas caírem silenciosamente no chão. Ficamos ajoelhados em frente à lareira e começamos a mergulhar a ponta dos morangos silvestres no chocolate derretido, alimentando-nos mutuamente diante das chamas.

O gosto era extraordinário. Nossas bocas se encheram com a plenitude negra e amarga do chocolate e, imediatamente revigorados pela suculência da fruta recém-colhida, beijamo-nos, deixando o gosto e a textura do chocolate e do morango perdurarem em nossas bocas, perdendo-nos completamente neste momento de desejo e satisfação, sem sabermos se estávamos dando ou recebendo, ou onde nossos corpos começavam ou terminavam.

O quarto estava cheio de calor, de sensualidade e de chocolate.

Mesmo quando parecia estarmos saturados de paixão, o fresco sabor dos morangos nos purificava e nos despertava, fazendo-nos mergulhar novamente no mundo escuro e secreto de nosso desejo.

Peguei meu pincel de confeiteiro e comecei a pintar os seios de Cláudia, cobrindo a sua pele pálida como alabastro com o chocolate escuro, pincelando seus mamilos em movimentos ascendentes que os deixaram mais duros e empinados do que nunca.

Então comecei a lamber delicadamente o chocolate dos seus seios. Sua espessura significava que não podia haver pressa, que este momento deveria parecer durar para sempre, como se tivéssemos sido beneficiados com o segredo do eterno desejo. Eu era um homem e uma criança. Cláudia era mãe e amante. Quando sugava seu seio, podia sentir e até mesmo provar o leite sob o chocolate. Havíamos penetrado em um mundo além do tempo.

Finalmente olhei para o rosto de Cláudia, para ver a luz em seus olhos, para vê-la feliz.

Ela sorriu amorosamente quando viu que meu nariz e minha boca estavam cobertos de chocolate.

Então olhou para seus seios.

— Ah — ela disse baixinho, repentinamente triste. — Veja.

— Você está linda — murmurei antes de recomeçar.

— Não — ela sussurrou. — Veja, o chocolate na aréola, nos sulcos em volta dos meus seios. Mostra as rugas. Mostra a minha idade.

— Deixe-me lamber para limpá-la — murmurei.

Mas Cláudia segurou minha cabeça e afastou-me com delicadeza.

— Não. Agora pare, por favor. Não posso mais. Sinto muito.

Abandonar o meu desejo era quase impossível, mas Cláudia estava perturbada e renitente, e mais uma vez foi dominada por aquela estranha melancolia que sempre pairava sobre ela, pronta a possuí-la, dando-lhe apenas alguns momentos de intervalo, de modo que qualquer felicidade em sua vida fosse sempre passageira.

Com metade do corpo coberto de chocolate, ela virou as costas para mim e foi dormir.

— Deixe-me descansar agora. Vá embora depois de se vestir.

Era o fim.

Embora tivesse parecido, em certo momento, que estávamos fora do tempo e que eu viveria para sempre, nenhum amor ou ternura permanecia: tudo acabava desaparecendo para mim.

Eram três horas da manhã. O fogo se extinguira e a noite estava fria. Levantei-me da cama, guardei as sobras do chocolate, lavei a vasilha e juntei os morangos descartados. A vida tem de continuar, pensei, com toda a sua cansada familiaridade.

Enquanto eu me vestia, porém, ao olhar para Cláudia pela última vez, notei que o chocolate sobre o seu seio direito começava a endurecer com o frio da noite. Parei, olhando-a dormir, sem saber que eu a observava. A camada parecia, se aquilo era possível, ficar mais perfeita a cada minuto que passava.

Ocorreu-me que, apesar de tudo, poderia fazer aquele momento durar. Posso não ser o melhor dos escultores para ser capaz de esculpir o corpo de Cláudia em pedra para a eternidade, mas sabia que havia um mundo no qual até mesmo eu poderia ser um artista.

Ali estava a minha chance.

Preservaria o mamilo de Cláudia em chocolate.

Depois de pensar durante alguns instantes no que fazer exatamente e sem mais conter a ansiedade, curvei-me sobre o corpo adormecido de Cláudia e peguei o chocolate delicadamente entre os dedos, desprendendo-o do seu seio.

Acho que nunca vi coisa tão linda.

Cláudia moveu-se, como se fosse acordar, e beijei-a de leve no ombro.

Levando comigo a concha de chocolate, que agora tinha a forma do belo seio de Cláudia, abri a porta e saí do quarto.

Enquanto andava pelas ruas de Viena sob a luz da manhã, pensei que a vida não precisava ser necessariamente um desastre, que pequenos momentos de beleza podem ser extraídos até das situações mais impossíveis, e que talvez eu fosse capaz de criar pelo menos uma coisa a cada dia, por mais insignificante que fosse, que fizesse valer a pena viver.

Porque muitas vezes é nos menores detalhes que a vida tem que ser vivida.

Quando visitei Cláudia outra vez, ela não estava mais feliz do que antes.

— Não espere amor de mim. Não pense que aquela travessura com o chocolate fará diferença em nossas vidas.

— Só queria que não ficasse tão triste — eu disse.

— Minha tristeza não é responsabilidade sua. Não pode carregar as minhas preocupações em seus ombros.

Isto era verdade.

— Você nunca amou? — perguntei.

— Aprendi a não esperar nada em troca.

— Pergunto-me por que você é tão descrente do futuro.

— Conheço as intenções dos homens.

— Como pode saber tanto a respeito da vida? — perguntei enquanto Cláudia abria uma garrafa de conhaque.

— Porque sei o que é ser rejeitada. Porque tenho encarado a vida de frente.

— E agora? — perguntei.

— Procuro não olhar mais para ela. É como encarar o sol — passou-me o conhaque e começou a escovar o cabelo na penteadeira.

— Acha que voltarei a amar novamente? — perguntei.

— Não sei. — Ela virou a cabeça para o lado e pude ver o seu rosto refletido no espelho, olhando para mim enquanto eu estava deitado na cama. — Talvez você não ame até aprender a pensar menos em você mesmo.

— É difícil pensar menos do que já penso.

— Não falo em qualidade. Falo em quantidade.

— Você quer dizer que sou egoísta?

— Você me disse uma vez que havia amado e sido amado. Pelo menos você é feliz por ter amado.

— Às vezes mal consigo me lembrar disso.

Cláudia estava exasperada e afastou o cabelo do rosto enquanto ficava vermelha de raiva.

— Você está sendo ridículo. E quanto ao amor que poderia dar no futuro, não pensou nisso? Não pensou que poderia mudar uma vida?

— Não. Não confio mais. Não acredito que a vida de alguém possa melhorar por minha causa.

— Então, por que você vive?

— Muitas vezes faço-me esta pergunta, mas parece que não posso morrer.

— Todos vamos morrer.

— Já pensei assim, mas não penso mais nisso.

— Bem — disse Cláudia enquanto amarrava um laço negro em seu longo cabelo vermelho. — Você pode se matar.

— Acho que posso — respondi com raiva.

Cláudia deu um nó apertado na fita de seda negra. Estava começando a me irritar. Não gostava de ser criticado e ela não parecia grata pelo meu interesse. Jurei que se esse tipo de conversa ocorresse sempre que eu fosse até lá, talvez não a visse mais.

— Então, por que não pensa a respeito? — ela acrescentou. — Com certeza acabaria com esse seu pessimismo decadente. Verei você na próxima semana?

Ela estendeu a mão.

— Terça — eu disse, resignado, dando-lhe o dinheiro do pagamento.

— A não ser que se jogue no Danúbio.

Ela hesitou um instante e depois beijou-me levemente nos lábios.

— Desculpe mexer assim com você, meu amor. Tente ser mais alegre da próxima vez.

— Serei — respondi de mau humor.

Não era eu quem precisava ser mais alegre.

Encontrando-me novamente sozinho na noite de Viena, não queria ir para casa. Havia tanto no que pensar, e as palavras de Cláudia começavam a me encolerizar. Parecia que precisávamos um do outro e que, embora uma parte de mim achasse que ela era aborrecida, não podia viver sem ela. Cláudia tinha um domínio sobre mim que eu não compreendia.

Como poderia livrar-me daquilo?

Parei em um bar para me aquecer e beber novamente.

Do outro lado da rua havia uma casa sólida e respeitável. Através das janelas iluminadas do primeiro andar, vi um grupo de homens e mulheres, vestidos com suas roupas mais finas, tomando champanhe e dançando, como imagens de um sonho. Flutuavam perto da janela, girando pela sala, como se estivessem contando as histórias de suas vidas, valsando em direção a um inevitável esquecimento.

— Talvez eu ame Cláudia — pensei, tomando o terceiro conhaque da noite. Se ao menos pudesse aprender a arte da generosidade e parar de pensar em mim mesmo, talvez encontrasse o amor novamente. Talvez ele esteja aqui, bem na minha frente.

Mas será que ela chegaria a me amar? Seria muito difícil. Teria de explicar tudo a respeito da minha lentidão, minha imortalidade e das promessas que fizera a Ignácia. Teria de falar ainda mais de meus defeitos e minhas imperfeições e depois, mesmo que eu conseguisse convencê-la de que não estava louco, teria de casar-me com ela e talvez tivesse filhos, e tudo ficaria terrivelmente complicado, pois nossas vidas seriam vividas em ritmos diferentes. Eu os veria crescer e envelhecer. Eles morreriam e eu sobreviveria a todos.

Não, era impossível. Não poderia amar Cláudia. Seria melhor viajar pelo mundo sozinho.

Voltando ao meu conhaque, comecei a pensar mais uma vez no sentido da minha vida.

Se tudo o que é vivo tem de morrer, então o que eu estava esperando? Havia entendido o sentido da vida, ninguém sentiria a minha falta se eu morresse, e poderia muito bem levar isso adiante. As palavras de Cláudia soavam em meus ouvidos: "*Você pode se matar.*"

Suicídio.

Esta era a resposta. Um fim nobre e corajoso.

Afinal, fora suficientemente bom para Sócrates.

Saí do bar e caminhei pelas ruas. Uma estranha leveza tomava minha alma. "*A não ser que se jogue no Danúbio.*"

De repente havia um propósito em minha vida que eu nunca conhecera antes. Entendi que o sentido da vida era apenas uma preparação para a morte, e que eu agora estava indo nesse rumo.

Caminhei pela Weihburggasse e ouvi os sinos da Franziskankirche batendo meia-noite — como se já anunciassem o meu funeral. Então dobrei na Rotenturmstrasse e encaminhei-me para a ponte Marian. Morrer no Danúbio seria uma morte digna. Encheria meus bolsos com pedras e me jogaria em sua correnteza hostil.

Parei em um pequeno bar e bebi mais uma vez, convencendo o *barman* a me deixar levar uma garrafa extra de conhaque para enfrentar o frio da madrugada. Chegando à ponte Marian, tomei um gole, subi no baixo promontório de tijolos e, iluminado pela lua, dei uma última olhada para o mundo no qual vivi durante tanto tempo.

Era isso.

Enfiei a mão no bolso e encontrei o molde de chocolate do mamilo de Cláudia. Não precisava mais dele agora. Coloquei-o na boca e pensei nela pela última vez. Isto mostraria a ela o quanto eu fora sincero. Mordi o mamilo de chocolate, engoli e equilibrei-me na ponte.

Venha, morte, abrace-me.

Lancei-me no ar escuro da noite, atingindo a água e girando em direção às profundezas, incapaz de ver o que havia em baixo, paralisado pelas águas obscuras do medo, enquanto meu corpo era sugado para um abismo sem fim.

Então, quando a morte começou a fechar seus braços ao meu redor, senti um estranho puxão na minha gravata e pude distinguir quatro longas patas e a forma familiar de um tórax canino.

Pedro!

Poderia ser um sonho, uma última visão da vida que passava diante de meus olhos?

Mas não! Levado pela correnteza, debatendo-me com meu cachorro, fui levado para cima em meio à escuridão e, finalmente, minha cabeça emergiu na superfície das águas.

Nadamos para a margem daquele rio magnífico. Pedro latia ruidosamente, acordando a vizinhança em busca de ajuda. Deve ter passado a noite procurando por mim. Como fora egoísta! Ignorara a única coisa viva que compartilhava minha situação, sem me importar com seu futuro, abandonando-o para sofrer a insegurança e a crueldade de seu destino inexorável.

Dois homens robustos tiraram-me da água.

— O que está fazendo?

— Queria terminar tudo — gritei.

— Ninguém morre no canal do Danúbio — disse categoricamente um dos homens.

— A correnteza é fortíssima — gritei.

— Não — disse o outro homem. — Não é.

Olhando para trás, vi que aquilo era, na verdade, um pequeno braço do Danúbio. Na escuridão e na minha embriaguez, a realidade da vida me escapara. Não fui capaz de saltar do lugar certo e sofri a humilhação de ser salvo pelo meu cachorro.

Em que sombrias profundezas minha vida afundara? Nem mesmo era capaz de um suicídio bem-sucedido.

Os homens arrastaram-me para a casa de Cláudia e jogaram-me em frente à porta, justamente quando um cliente barbudo com um ar feroz saía, levando o que parecia ser um caderno de esboços de artista.

— O que você fez? — ela gritou. — Está encharcado.

Os homens explicaram o que acontecera.

Cláudia estava furiosa.

— Você é louco por ter me levado a sério. Se soubesse que era capaz de tal coisa, nunca teria posto essa idéia na sua cabeça.

— Estava infeliz. Pensei que gostaria que eu fizesse isso.

— Era uma provocação. Você estava tão egoísta e desagradável.

Cláudia puxou-me para dentro e avivou o fogo. Então começou a secar Pedro.

— Não precisava matar o cachorro também. Eu tomaria conta dele.

— Ele me salvou — eu disse.

— Bem, talvez deva aprender suas lições de amor com ele e não comigo. Por que fez isso?

— Não sei.

— Você sabe.

— Não, não sei.

— Então, deixe-me dizer. Provocação. Desespero fingido. Para me magoar. Para me fazer sentir pena de você. É patético.

— Queria que mudasse de idéia a meu respeito. Que sentisse minha falta.

— Mas você não veria minha compaixão, estaria morto. Agora só posso considerá-lo um tolo.

— O que é pior.

— Exatamente.

— Vai fazer com que queira matar-me novamente — gritei.

— Ah, pare com isso. O suicídio não é a solução.

— O que devo fazer?

— Eu lhe digo o que pode fazer — sibilou Cláudia. — Pode parar de ser tão obcecado por você mesmo. Pode parar de falar o tempo todo a respeito de chocolate.

— Eu não falo de chocolate o tempo todo...

— Pode pensar no Pedro. Pode pensar em seus amigos do hotel. Você pode até, uma vez ao menos, pensar em mim.

— Pensei que gostasse da sua vida.

— Não. *Você* gosta da minha vida. Eu não. É por isso que vou mudá-la.

— Como?

— Gustav pediu-me para ser seu modelo.

— O quê?

— Ele vai ser um grande pintor. Ele sabe sobre amor e morte.

— Quando foi isto?

— Estávamos justamente falando a esse respeito. Ele é obcecado pelo meu cabelo.

— Eu sou obcecado pelo seu cabelo...

— Ele disse que vai me eternizar. Meu corpo será imortalizado através do seu trabalho.

— Não acho que a eternidade seja um consolo — comentei.

— Você está com ciúmes.

— E ele vai pagar?

— É um trabalho.

— E o que será de nós?

— Seremos amigos. Você conversará comigo.

— Nunca mais...?

— Não. Isso, nunca mais. Mas será uma vida melhor. Aprenderemos a respeitar um ao outro.

— E o Gustav?

— Ele será meu patrão. Mais nada.

Isto foi um choque terrível. Meu cérebro ainda estava tão repleto das aventuras daquela noite que me perguntei, mais uma vez, se estaria sonhando.

Tentei me concentrar.

Cláudia tinha a oportunidade de sair daquela vida e estava decidida a não deixar que nada atrapalhasse aquilo. Se eu quisesse encontrar prazer nas delícias da carne, teria que deixá-la partir e procurar tal alívio em outro lugar.

Fora uma noite movimentada.

VII

Em uma escura manhã de novembro — esqueci o ano, mas foi num desses dias de início de inverno em que o sol parece nunca surgir antes de se pôr novamente — um inglês gentil, de olhos tristes e costeletas, chegou ao nosso hotel. Trazia um grande embrulho e, depois de tomar o café da manhã e aprovar com entusiasmo a minha sachertorte, iniciamos uma conversa muito interessante. Acontece que o embrulho continha um novo tipo de prensa que, disse ele, revolucionaria a fabricação do chocolate. Podia extrair até dois terços da gordura de uma semente de cacau, produzindo um pó de chocolate escuro, saboroso e puro que ele chamava de cacau. Isto era então pulverizado, misturado com sais alcalinos para melhorar sua dissolução, e batido para formar uma pasta concentrada. O resultado era uma forma de chocolate sólido, macio mas doce.

Eu mal podia conter a minha excitação diante desta descoberta. Agora, pela primeira vez, seria possível criar uma verdadeira barra de chocolate.

Nas semanas seguintes, o senhor Fry e eu nos tornamos inseparáveis, experimentando as diversas maneiras pelas quais este cacau pulverizado podia se combinar com manteiga, açúcar e água para criar aquelas barras ou tiras sólidas. Passamos horas e horas em meu laboratório, acordados até tão tarde que quase me esqueci da bebida. Finalmente estávamos envolvidos em um empreendimento respeitável, um projeto que poderia definir o objetivo de nossas vidas.

Acho que nunca estive tão exultante em relação a um projeto de trabalho. Cada manhã levantava-me com uma determinação renovada, desesperado para resolver os problemas que surgiam, resolvido a criar uma forma de chocolate que o mundo jamais vira.

Fui muito incentivado nesta tarefa pelo entusiasmo de Cláudia. Ela, finalmente, parecia feliz.

— Isto é o futuro — ela dizia, com firmeza. — Chocolate para todos, não apenas para os ricos e privilegiados.

— Concordo que será completamente diferente — afirmava o senhor Fry. — Vamos tornar comum um prazer que antes ficava restrito à elite. Receio apenas que a gratificação seja instantânea demais.

— Como sexo sem amor? — perguntou Cláudia.

— Isso mesmo — respondeu o senhor Fry, pouco à vontade. — Porque a maior vantagem do chocolate é que não pode ser comido às pressas. Você precisa ir com calma, avaliar, demorar-se.

— Concordo — respondi. — Deve ser desfrutado em silêncio por pessoas que se amam.

— É claro que nem todo mundo pode fazer isso — disse Cláudia.

— É verdade — observou o senhor Fry. — Mas eu não conheço um homem rico que seja feliz. Até o mais satisfeito dos homens tem medo de perder a fortuna.

— E o senhor sabe ser feliz? — perguntei.

— Certamente sei que não há felicidade no desejo — ele disse.

— Não — disse Cláudia, lançando-me um olhar estranho.

— Então, onde está a felicidade? — perguntei.

— Não sei — disse o senhor Fry amavelmente. — Não sou padre nem filósofo. Sou simplesmente um homem de negócios que faz chocolate. Tudo o que sei vem do estudo, da prece e da observação. Mesmo tendo vivido tanto quanto vivi, existem poucas regras na minha vida — e aí resisti à tentação de interrompê-lo —, mas acredito que, muitas vezes, a maior infelicidade é resultado de pensarmos somente em nós mesmos.

O senhor Fry era *quaker*. Era um homem amável, com bastas sobrancelhas, pele amarelada e plácidos olhos azuis. Trabalhou com chocolate a vida inteira, sendo a terceira geração da família a trabalhar nessa área. Dei-me conta de que, se o início da minha vida tivesse sido diferente, eu teria conhecido seu avô ainda menino.

Enquanto trabalhávamos juntos, o senhor Fry confessou-me que começara a importar e a fabricar chocolate como uma alternativa para o álcool, que considerava uma das maiores desgraças da terra.

— Tanto sofrimento — disse ele —, tanta dor, tanta desilusão. Ficamos tão pouco tempo na terra. Por que tantas pessoas perdem tanto tempo procurando esquecer que estamos aqui?

— Solidão — respondi. — Medo do fracasso. Desespero.

Pensei em Cláudia e no quanto ela me ensinara.

— Você sempre pode se redimir — disse o senhor Fry. — Nunca é tarde.

— Para parar de beber? — perguntei.

— Ou para ouvir as promessas de Cristo.

Lembrei-me do motivo que nos fizera viajar para o México pela primeira vez e não pude deixar de pensar na hipocrisia de nossa conquista.

— É difícil para mim ter a fé de que fala — respondi.

— E por quê?

Não pude responder àquela pergunta. Eu vira tanta violência e tantos acasos cruéis do destino. Testemunhara a pobreza da humanidade. Vira como era frágil e transitória a mortalidade e experimentei a natureza aleatória da morte inesperada. E, tendo vivido tanto, não considerava um consolo a idéia da vida eterna. Sabia como era aquilo, e a promessa de uma vida interminável não me parecia um paraíso, mas um purgatório onde estávamos condenados a repetir eternamente as nossas vidas sem o conhecimento necessário para corrigir nossos erros ou melhorar a nossa compreensão.

— Não acredita em Deus? — o senhor Fry perguntou.

Hesitei.

O que eu pensava agora da religião, do catolicismo no qual fui criado?

— Sinto que a fé me deixou. A religião me abandonou.

— Não tem medo da danação?

— Não. Isso é uma coisa em que definitivamente não acredito — respondi com tristeza. — Existe castigo suficiente na terra.

— É injusto que tenhamos de sofrer tanto — o senhor Fry concordou. — Mas o que é a vida sem a fé? Que esperança existe então?

— Não sei — respondi. — Levei uma vida desolada, como se já estivesse morto e não houvesse percebido.

— Acho que sabemos quando morremos — ele disse enquanto moía os grãos de cacau.

O senhor Fry estava absorto em seu trabalho, provavelmente concentrado em idéias abstratas sobre vida, morte, filosofia e boas ações. Era um homem magnânimo, o que talvez fosse a prova de que podia haver força na cortesia.

Embora fosse definitivamente um homem de negócios, a riqueza não era seu principal interesse. Na verdade, às vezes evitava os negócios mais lucrativos, falando especificamente a respeito da exploração de muitos trabalhadores que colhiam cacau. Recusava-se a apoiar a escravidão e não comprava das plantações da África Ocidental Portuguesa. Os homens de bem têm de opor resistência, argumentava. O homem honrado não deve fazer nada que enfraqueça a sua integridade.

Também insistia para que eu parasse de fabricar licores de chocolate e que a total abstinência de álcool era a minha única salvação.

— Não pode continuar desta maneira — disse-me ele. — Alguma coisa precisa mudar.

Repetia a idéia de que o chocolate puro podia ter uso medicinal. Seria a opção para aqueles que tinham saúde deteriorada, pulmões fracos e tendência ao escorbuto.

— O chocolate é a única bebida que verdadeiramente consola — afirmou.

Resolvi seguir o seu exemplo e aderi ao movimento pela abstinência.

Não era coisa fácil. A renúncia ao álcool tornou minha vida ainda mais interminável, pois o tempo se alongava lentamente à minha frente. Encontrava-me agora tão desperto, acrescentando a cada dia duas ou três horas de consciência, que o prolongamento de minhas horas de vigília passou a ser um tormento terrível. Queria que o dia durasse menos, e não mais.

Depois de quatro semanas de vigilância constante, certo de que eu estava fazendo progressos, o senhor Fry anunciou que precisava voltar para a empresa da família em Bristol, na Inglaterra, antes do Natal. Disse-me, com veemência, que não lhe agradava a idéia de deixar-me sozinho com as tentações da garrafa. O chocolate era, com certeza, a cura para o meu vício, e ele gostaria que eu o acompanhasse, oferecendo-me emprego em sua fábrica e vigiando-me paternalmente.

O senhor Fry era tão gentil comigo que senti que deveria concordar. Mas o medo me dominou.

E se eu não cumprisse o que prometera a ele? E se caísse novamente na devassidão? Ele ficaria muito decepcionado.

Minha vida agora parecia ser uma vida de terror, em que o futuro me oferecia apenas medo. Perdera muito de minha segurança. Meu destino parecia uma onda à distância. Eu não sabia seu tamanho ou a velocidade com que se aproximava, mas sabia que estava lá, que iria estourar em cima de mim e que eu nada podia fazer para escapar.

Foi a primeira vez na vida que eu recusei a perspectiva de uma aventura.

O senhor Fry ficou tremendamente desapontado, mas disse-me que tinha o pressentimento de que me veria novamente e afirmou que, caso eu mudasse de idéia, seria sempre bem-vindo em Bristol.

Saiu do hotel com o chocolate e a prensa, apertando minha mão e beijando Cláudia no rosto, e disse que ela era uma das mulheres mais admiráveis que conhecera.

Acenamos para o senhor Fry, e meu coração encheu-se de tristeza. Quando voltamos para o hotel, depois que sua carruagem desapareceu ao longe, olhei para Cláudia.

— Acho que ele gostou de você.

— Está com ciúmes?
— Claro que não — menti.
— Deveria estar — disse ela, atrevida. E acrescentou calmamente: — Talvez devêssemos ter ido com ele.
— Nós? — perguntei.
Havia ocasiões em que eu simplesmente não conseguia compreendê-la.

VIII

Como Cláudia costumava passar muito tempo em companhia de artistas ("Separatistas", acho que era assim que ela os chamava), eu precisava de novos amigos e agora passava a maior parte do tempo na cozinha do hotel com Antônio, o cozinheiro-chefe. Ele era uma espécie de filósofo, um italiano culto e bem-apessoado que gostava de fazer comparações entre a arte culinária e o sentido da vida.

A principal crença de Antônio era que não devíamos esperar muito de nossas vidas mas simplesmente ir em busca do que é bom, puro e verdadeiro, obtendo nosso prazer da combinação natural dos mais finos ingredientes à nossa disposição. Essa filosofia era universal e poderia ser aplicada tanto à comida como aos amigos e ao trabalho. Acreditava que somente aqueles que sabem saborear cada ingrediente, reconhecendo seu significado e propósito, podem entender os verdadeiros benefícios da vida. Precisamos observar ordem e método ao cozinhar, aprendendo a seqüência em que cada ingrediente deve ser acrescentado, sabendo em cada fibra do nosso ser a maneira pela qual cada sabor mistura-se com aquilo que o cerca. Se pudermos entender como esses sabores relacionam-se uns com os outros e apreciar o tempo que necessitam para se misturarem a fim de criarem um sabor rico e penetrante, talvez possamos começar a compreender não só a natureza da arte culinária, como também a arte de viver, e até, creio eu, a harmonia das esferas.

Um dia, Antônio pediu meu conselho sobre a maneira mais adequada de fazer um guisado com uma lebre selvagem que fora abatida nos bosques de Viena. Estava convencido de que, adicionando chocolate ao molho, poderia obter uma combinação de sabores extraordinária. Sendo eu mesmo um perito em *mole poblano*, que não era muito diferente daquilo, não via por que a idéia não daria certo.

Feliz por assistir e aconselhar, senti, entretanto, algo estranho ao observar em detalhe seu modo de cozinhar. Antônio tinha um entusiasmo e uma energia que eu perdera havia muito. Enquanto observava a preparação, não pude deixar de notar que ele era muito mais rápido do que eu em tudo que fazia. Será que a idade estava finalmente se manifestando em mim?

— Tudo pode ser explicado por meio da culinária — disse Antônio enquanto fatiava rapidamente as cebolas, cortava as cenouras em cubos, partia ao meio os chiles e moía os zimbros. — Precisamos viver nossas vidas como se estivéssemos seguindo o ritmo do guisado.

As cebolas foram cozidas primeiro, em fogo baixo, até amolecerem e dourarem. Então ele acrescentou as cenouras e as mexeu durante dois ou três minutos, antes de acrescentar seis colheres de aipo, dez grãos de pimenta, três cravos, duas folhas de louro, cinco zimbros moídos, dois dentes de alho, um quarto de um pau de canela e alguns raminhos de alecrim, louro e tomilho.

— Ouçam — ele disse, e ficamos em silêncio na cozinha. — A vibração do guisado em fogo brando deve ser como o som de uma chuva distante.

De fato, ficamos ali como se estivéssemos nos abrigando de uma tempestade. A cozinha esquentava enquanto Antônio acrescentava à sua delícia culinária o vinho, o caldo de carne e, finalmente, um pouco de chocolate ralado.

— Isto será nossa maior criação. Lebre selvagem ao molho de chocolate com castanhas. Vou servi-la com bolinhos de massa. Veja como o aroma intensifica-se diante de nós — disse Antônio, admirando o guisado, tirando de cada ingrediente o máximo de seu potencial. — Deleite em cada aroma. Permita que estes doces sabores o envolvam.

Inclinei-me sobre a panela.

— Você precisa distinguir cada sutileza — continuou, mexendo a mistura e adicionando os tomates — porque, se não puder, não será nem um *chef* nem um *connaisseur*. Além disso, nunca entenderá de comida, pessoas ou mesmo da vida. Porque este guisado é o símbolo mais verdadeiro e mais rico das complexidades da nossa existência.

Olhei para ele horrorizado.

— Não consigo sentir o cheiro de nada — disse.

— O quê?

— Devo estar resfriado. Perdi o olfato.

— Como é possível?

Antônio foi buscar as coisas mais aromáticas que encontrou: gengibre, alho, manjericão e chocolate. Colocou-os sob meu nariz e pediu-me para inspirar profundamente.

Não adiantou nada.

E sobreveio o desastre.

Nos quatro dias seguintes fui incapaz de mudar esta situação, e fiquei apavorado com a possibilidade de estar com o olfato prejudicado para sempre. Considerava o nervo do olfato o mais importante do corpo e estremecia ao pensar no que poderia acontecer se meu olfato desaparecesse. Será que também iria perder meu paladar para sempre? Nunca mais seria capaz de sentir o aroma da grama recém-cortada ou das primeiras fogueiras de outono. Eu deixaria de perceber os aromas do alecrim, da bergamota, da alfazema e do jasmim. As maçãs estocadas em um celeiro passariam a ser uma lembrança remota. Poderia até, e então estremeci, esquecer o aroma do chocolate e com ele, talvez, a lembrança de Ignácia.

O que podia fazer?

Depois de duas semanas em que nada melhorara, e com a alma tomada de desespero, fui ao Hospital Geral de Viena. Ali levaram-me para a sala de um médico sério e bem vestido. Era surpreendentemente jovem, talvez uns vinte e oito anos, e tinha uma constituição robusta, uma barba escura e bigodes encerados, tipo Kaiser. Apertou minha mão com firmeza, perguntou qual era o problema e começou a examinar meu nariz com enérgica eficiência.

Depois, pediu-me para identificar alguns aromas, submetendo cada narina ao óleo de cravo, de hortelã e de uma tintura de assa-fétida, na qual eu deveria sentir o cheiro de alho.

Não senti cheiro de nada.

— Isto é comum? — perguntei.

— Você está com anosmia — ele respondeu, examinando meu nariz por dentro com um facho de luz. — Não é raro.

— Existem outros casos?

O médico examinou a outra narina.

— Sei de um paciente que se interessaria por seu estado — prosseguiu, animado —, um poeta que não usa água-de-colônia para *poder sentir melhor o cheiro das mulheres*. Sentiu-se tão culpado em relação à sua mulher pela sua infidelidade olfativa que também perdeu o olfato. Achava que, simplesmente por cheirar outras mulheres, era infiel.

— Extraordinário.

O médico pôs de lado sua lanterna e olhou-me nos olhos.

— Creio que às vezes a doença é desencadeada pela mente. Você tem andado infeliz?

— Não sou feliz há muito tempo.

— E tem preocupações, ansiedades, pesadelos?

— Tenho.

— Às vezes o equilíbrio natural é perturbado — explicou. — Deixe-me verificar seu pulso.

Estendi o braço direito e sua atenção ficou totalmente concentrada.

— Nunca senti um pulso assim — ele disse. — Tem um décimo da pulsação normal.

— Tem sido assim há muito tempo.

— Quanto tempo?

Não podia dizer-lhe. Era muito complicado. Queria que se concentrasse apenas no meu nariz e mais nada.

— Desde que me lembro. Porém o que mais me preocupa é não poder sentir o cheiro de nada.

— Muito bem. — Então o médico abriu uma caixa de prata e pegou um pó branco, que pôs nas costas da mão como rapé.

— O que é isto? — perguntei.

Sem responder, o médico inclinou-se e inalou o pó branco com a narina direita. Repetiu o ato com a narina esquerda e então inclinou a cabeça para trás, inalando com força, como se tentasse fazer o pó entrar mais profundamente em seu nariz.

— Por favor, faça a mesma coisa — disse ele. — Vai achar extraordinariamente agradável.

Coloquei o pó nas costas da mão e inalei de modo que cada narina se beneficiasse do seu poder. Meus sentidos pareciam dormentes, como se não sentisse mais o meu rosto, e um estranho delírio tomou conta de mim, como se estivesse separado do mundo.

— Pode deitar-se — sugeriu o médico. — Irei observá-lo de minha cadeira.

Deitei-me no divã e olhei fixamente para o reboco do teto.

Parecia não estar acontecendo nada.

Então, cerca de dez minutos depois, senti uma lenta irrupção em minha cabeça. Parecia aumentar e aumentar, até que me vi espirrando violentamente, como nunca havia espirrado na vida.

Ao pegar o lenço para assoar o nariz, percebi que estava atento às sensações mais sutis: o linho, o ar que entrava pela janela, acho que até o couro da cadeira do médico.

— Está funcionando? — perguntou.

— Acho que está. Tem mais?

— Vou prescrever-lhe mais.

Tudo agora ao meu redor começava a cheirar a almofadas, abajures e cortinas.

— Está melhor? — perguntou o médico.

— Não sei como lhe agradecer — respondi. — Tudo parece muito mais distinto, mais nítido.

— Feliz?

— Sim, estou...

Hesitei. Havia alguma coisa estranha no modo como ele me olhava. Era como se não acreditasse em mim, como se soubesse que havia algo mais.

— Isto não é tudo, é? Conte-me o resto.

Nunca saberei por que desabei nesse momento. Talvez tenha sido porque me sentia tão em paz no divã. Ou talvez porque percebesse que aquele homem poderia entender minha sensação de solidão, por que me sentia tão deprimido e tão incapaz de encontrar qualquer consolo para a minha dor.

— Ah, doutor...

Eu mal conseguia falar.

— Muitas vezes a manifestação de uma pequena queixa é a precursora da análise de uma moléstia mais profunda — disse-me amavelmente. E, de fato, era verdade. Porque a recuperação do meu olfato havia apenas agravado a inquietação oculta da minha infelicidade.

— Viajei recentemente para Paris e Berlim — continuou o médico. — Nessas cidades houve alguns avanços interessantes no campo da anatomia cerebral. Se quiser falar mais a respeito disso, terei prazer em vê-lo no meu consultório na Sühnhaus, em Maria-Theresienstrasse.

Senti que havia alguma coisa a respeito da sinceridade e da inteligência deste homem em que eu podia confiar. Finalmente, ali estava uma pessoa que talvez me escutasse, que acreditasse em mim e até me curasse do estranho desinteresse que sentia pela vida.

E assim encontrei-me atravessando vários cômodos de uma das mais belas casas de Viena. O médico havia se casado recentemente, e sua mulher mostrou-me um pequeno estúdio onde pretendiam instalar uma clínica particular.

— Antes de começarmos, e antes que possa dizer qualquer coisa ou analisar o seu caso, preciso saber mais a seu respeito — disse o médico com firmeza. — Vou pedir-lhe para deitar-se no divã. Ficarei sentado naquela cadeira, atrás de você, fora da sua visão. Então, quando estiver pronto, poderemos começar. Por favor, diga-me o que sabe sobre você.

— Não sei o que dizer ou por onde começar.

— Não se importe com o começo. Imagine que está em um vagão, por exemplo, e que vê lampejos do passado. Diga-me o que vê.

— Não sei. Vem tudo muito rápido. Se estou neste trem do qual você fala, não sei para onde ele vai ou se serei capaz de descer.

— Deite-se — insistiu o médico.

Fui até um divã baixo, coberto com um tapete iraniano. Era ainda mais confortável que o do hospital.

— Como está seu nariz? — o médico perguntou com simpatia.

— Muito melhor — respondi. — Estava com tanto medo. Como pode ter acontecido?

— Provavelmente uma infecção...

— Mas por tanto tempo?

— Recentemente li um artigo — disse o médico —, no qual se insinuava que a doença nasal freqüentemente é induzida pela masturbação.

O que ele estava dizendo?

— Feche os olhos — continuou.

Não conseguia pensar em nada para dizer, e seguiu-se uma longa pausa. O divã era extremamente confortável e me perguntei se iria adormecer. Somente a possibilidade de ter um dos meus sonhos terríveis me manteve acordado, porque uma coisa que não tolerava era ser observado sonhando.

— Não sei o que dizer — protestei. — Nunca fiz isto antes.

— Então vamos começar com alguns fatos. Qual é a sua profissão?

— Sou Diego de Godoy, notário do imperador Carlos V, atualmente o criador licenciado da famosa sachertorte no hotel dos meus benfeitores, Franz e Edward Sacher — respondi.

— E quando e onde você nasceu?

— Essa é uma pergunta difícil de responder.

— Por quê?

— Porque tenho medo de que você não acredite em mim.

— Qualquer coisa dita aqui fica entre nós. Não precisa ter medo de mim, e posso assegurar-lhe que não vai me surpreender.

— Não quero lhe dizer.

— Muito bem. Gostaria de me dizer quantos anos você tem?

— Não posso.

— Ainda tem parentes vivos?

— Não.

— Como se lembra deles?

— Minha mãe morreu quando eu era criança. Meu pai, quando eu tinha vinte anos.

— Então você é sozinho?

— Parece que sim.

— E você é espanhol?

— Sou.

— Viajou muito?

— Viajei. Comecei esta vida como conquistador.

— Descobriu ouro?

— E chocolate — acrescentei distraidamente.

— Sei. Cocô em vez de coca.

— O quê?

— Desculpe. Uma piada.

Será que o homem era maluco? Não podia entender como um médico poderia curar-me dessa maneira, nem eu sabia realmente de que doença padecia. O que poderia ser? Pensando bem, compreendi que certamente devia ser uma mistura de melancolia, pesadelos e eternidade. Mas será que este homem acreditaria em mim?

— Em que está pensando agora? — perguntou. — Gostaria que dissesse tudo o que lhe viesse à cabeça, sem medo de ofender ou ser censurado.

— Eu não me masturbo — afirmei. Era pelo menos uma coisa que queria deixar claro.
— Todo mundo se masturba — replicou o médico.
— Eu lhe garanto que não faço isso.
— Então como se alivia?
— Penso em outras coisas.
— Você se satisfaz apenas com a força de vontade? — perguntou.
— Sim — afirmei.
— Não é casado?
— Não.
— Já amou?
— Há muito tempo.
— Quanto tempo?
— Não sei.
— Quantos anos você tem? — perguntou o médico.

Aquilo estava ficando ridículo. Tinha de ajudá-lo. Mesmo que não acreditasse, talvez me achasse pelo menos divertido.

— Acho que devo ter uns trezentos e oitenta e sete anos.
— E conhece mais alguém que tenha chegado a essa idade?
— Só meu galgo Pedro.
— Seu cachorro?
— Isso mesmo.

O médico, espantosamente, não parecia surpreso com as minhas afirmações, e eu fiquei impressionado com a sua calma.

— E tem idéia do motivo disto? — perguntou gentilmente.
— Eu não sei. Tudo que sei é que parece que estamos viajando pelo mundo em busca de amor e chocolate, e que talvez nunca cheguemos a envelhecer ou a ter paz.
— O seu pulso, com certeza, é lento...
— Como a minha vida. Não posso viver como os outros.

— Acha que está condenado a viver eternamente?
— Acho que deve ser isso.

O médico parou um instante, olhando para longe. Virei-me para ver se ele ainda estava escutando e, finalmente, vi seus olhos. Sua concentração e sua intensidade eram tremendas.

— Só se pode estar preparado para a vida preparando-se para a morte. Se a ameaça da morte é eliminada, então a vida deixa de ter sentido.

— Talvez seja assim para você, mas para mim é doloroso. Já não sei mais o objetivo da minha busca.

— Sente que está buscando algo?
— Foi assim que começou minha aventura.
— Conte-me a sua história. A busca é importante.
— Pode levar dias, semanas, até anos.
— Por favor — disse o médico —, acho que posso ajudá-lo...
— De que maneira?
— Também sou uma espécie de conquistador — continuou solenemente. — Mas minhas viagens talvez tenham sido para regiões mais longínquas ...

— Onde esteve?
— Em toda parte e em lugar nenhum. Minha aventura é a busca dos tesouros da mente.

— Não aconselho mais as aventuras — respondi, pensando em todos os transtornos que me causaram.

— Pelo contrário. Acho que devemos enfrentar nossos medos. Não existe terra mais estranha do que a mente humana.

— E nenhuma tão aterradora.

— Então — concluiu o médico —, vamos explorar juntos este estranho território.

E assim, a partir daquele momento, passei a ir uma vez por semana ao consultório do médico para contar-lhe a história de minha vida. Apesar de formarmos uma parceria incômoda, logo comecei a depender de minhas sessões, separando as coisas certas para dizer, planejando cada encontro à medida que minha vida se desenrolava diante dele.

Tentei fazer com que o meu relato fosse o mais exato possível, mas o médico logo começou a interromper-me com perguntas específicas sobre o que chamava de minha vida interior, a vida subconsciente.

— Diga-me — perguntou certa vez. — Sobre o que sonha?

— Às vezes, não sei se estou sonhando ou vivendo minha vida — respondi. — Sinto-me como se fosse um homem que teve um sonho no qual sonhava que estava sonhando.

— Continue...

— Não posso garantir que tudo seja verdade. Às vezes, sinto que estive em certos lugares antes, mas não sei como, quando ou por quê. Fico com a impressão de já ter vivido esta parte da minha vida, mas nada posso fazer para impedir que aconteça novamente.

— Muitas vezes estamos condenados a repetir...

— O que posso fazer? Acredita em mim?

— Acredito que não faz diferença se a sua vida é uma fantasia ou a realidade. Ela é real para você.

— Vou ficar bom?

— Espero que sim. Porque você parece não ter nem vontade de viver e nem sabe como morrer.

Fez uma pausa para ressaltar a importância de suas palavras. Foi quando notei que havia antigas peças mortuárias dispostas sobre o consolo da lareira: vasos gregos, cabeças abissínias, cavalos chineses, o deus egípcio Ptah, uma Vênus romana. Havia até mesmo, estou certo disso, um ídolo asteca.

— Onde encontrou essas coisas? — perguntei.

— Eu as coleciono — respondeu o médico com modéstia. — Você as reconhece?

— Reconheço — respondi. — Estive lá. Estive no México. Sei que estive.

O médico pegou uma pequena cabeça de terracota.

— Interessa-me a idéia de que só se preservaram porque ficaram enterrados durante todo esse tempo.

— Como as emoções — sorri.

— Ou a memória, que muitas vezes vai além da vontade. Talvez possa me dizer até que momento do seu passado consegue se lembrar. Será que tem alguma lembrança de quando foi mais feliz em criança?

— Não sei se isto é uma lembrança verdadeira — respondi. — É como um eco longínquo. A lembrança é vaga e não confio nela. Nunca é constante. Acho que altero uma lembrança toda vez que a evoco. Por isso, embora pareça uma lembrança fixa, ela é alterada, ou até mesmo misturada com outras lembranças no processo de rememorá-las. Nada é permanente.

— Por favor, continue.

— Neste sonho, ou lembrança, sou um menino pequeno, em um pomar de laranjas. Acabei de subir em uma árvore e estou sentado, descansando. Não tenho certeza se vou conseguir descer, mas estou tentando não pensar nisso. Estou olhando para a cidade de Sevilha, bem distante lá embaixo.

— E lembra-se disto?

— Sim, e sinto como se fosse absolutamente verdadeiro, mas não pode ser, porque a árvore nunca seria suficientemente alta para que dali eu pudesse ver a cidade.

— Talvez tenha associado a visão da cidade, lá da colina, ao ato de subir na árvore. Duas lembranças distintas passaram a ser apenas uma.

— Talvez seja isso.

— No sonho, você está mais alto do que os demais, distanciado.

— Sim. Parece que a minha vida é diferente da vida das outras pessoas. E é verdade que me distanciei.

— Alguma vez sentiu ter tendências a divindade? Que poderia ser um tipo de super-homem ou uma espécie de Cristo?

— Não, não — respondi. — Está tudo errado. Não é nada disso. Além do mais, cheguei à conclusão de que Deus não existe. Como pode existir quando há tanto sofrimento sem propósito?

— Concordo — exclamou o médico com entusiasmo, e nossa conversa foi ficando mais animada. — Deus foi inventado pela civilização como consolo para a esmagadora força da natureza.

— Não podemos tolerar a idéia da nossa extinção — eu disse rapidamente, voltando para o meu assunto. — Então, criamos outro mundo, outro palco para a nossa jornada. Não vemos o universo como ele é, mas como queríamos que fosse.

— É a nossa fuga do caos da história.

— Esperamos por uma vida melhor, além desta — eu disse.

— Que não existe — disse o médico com firmeza.

— Não, não acredito que exista, assim como também não creio que exista um criador benevolente agindo no universo — concordei.

Finalmente, ali estava um homem que me compreendia, e nossa conversa continuou em ritmo acelerado, como se ali nos fosse permitido expressar o que não podia ser falado sem chocar a refinada sociedade de Viena.

— Deus foi criado para afastar o tormento da morte. Mas se você afasta Deus...

— Tem de aceitar a morte em troca — eu disse.

— Exatamente — respondeu o médico. — Agora estamos chegando a algum lugar. Porque você não consegue fazer isso. Este é o seu problema, a sua neurose. Você se nega a aceitar a morte.

— No entanto, realmente acredito que não posso morrer e que tenho de suportar uma vida miserável, condenado, como o judeu errante, a vagar pelo mundo para sempre.

— Você é um homem fora do comum — comentou o médico.

— Não — afirmei —, não sou. Sinto que sou uma pessoa tremendamente comum que por acaso tem um atributo especial. Não me sinto superior às outras pessoas, mas apenas distante delas.

— Porque não pode morrer?

— Exatamente. Poderia viver egoisticamente, voltado inteiramente para o meu prazer.

— E o que o impede de fazer isto?

— Acho que não se pode levar uma vida exclusivamente hedonista. O prazer passa, morre, mesmo que eu não morra — respondi.

— Mas para outros seres humanos, o prazer parece ser uma corrida impetuosa para a morte.

— É — respondi. — É quase como se houvesse pessoas com um instinto para a morte. Porque, sem a vontade de morrer, não há vontade de viver.

— E sem a morte não haveria filosofia.

— Então, o que é felicidade? — perguntei francamente.

— Não sei — disse o médico, à medida que o ritmo da nossa conversa finalmente diminuía. — Achei que você, que viveu tanto tempo, pudesse me dizer.

— Talvez a arte de viver seja exatamente a compreensão de que um dia vamos morrer.

O médico balançou a cabeça solenemente.

— E isto é parte da nossa felicidade? — perguntou.

— Deve ser — respondi. — Não podemos ser felizes sem a compreensão ou a antecipação da morte.

— Também tenho pensado nessas coisas — disse o médico.

— Nossa única satisfação nesta vida não passa de um prazer passageiro. Parecemos amar o efêmero. A morte é a única coisa permanente.

Ele levantou-se e caminhou até a janela.

— E já que não temos esperança de sucesso duradouro — concluiu —, precisamos aprender a viver com a desesperança. Mas, diga-me, onde encontra consolo?

— Eu viajo. Aperfeiçoei a arte de fabricar chocolate. Tiro consolo de onde posso.

— Não há nada de errado com o chocolate. É algo muito prazeroso.

— Faz-me lembrar o amor que perdi e que não consigo reencontrar.

— Deseja o seu amor por meio do chocolate. É compreensível. É como se lembra de Ignácia. Nada há de errado nisso.

— É o que me resta.

— É um sinal de que a ama. O chocolate aparece freqüentemente nos sonhos. Minha filha teve um sonho assim no ano passado. A mãe dela entrava no quarto e jogava grandes barras de chocolate, enroladas em papel azul e verde, embaixo da cama.

— Por quê?

— Porque aquilo lhe fora recusado na manhã daquele dia. Ela procurou no sonho a satisfação de seu desejo.

— Todos os sonhos são assim tão claros para você? — perguntei.

— Não, nem todos. E, no seu caso, muitas vezes eles são confusos por causa da longa duração da sua vida e da complexidade de suas lembranças. Mas, diga-me, também deve sentir-se entediado pelo cotidiano já que a sua vida passa tão lentamente, não é mesmo?

— Devo confessar que é impossível exprimir meu enfado. Não é fácil sentir-se vivo quando a vida não tem pressa.

— Então você precisa trabalhar. Talvez escrever sobre as suas experiências para preservar suas lembranças e encontrar sentido nelas. Porque a sua tarefa, certamente, é compreender alguma coisa das charadas do mundo e tentar contribuir para a sua solução.

Ele tocou a campainha para mandar buscar meu casaco, porque a lógica da nossa conversa parecia não ter futuro.

— Embora me compadeça de você — o médico consolou-me —, só posso sugerir que continue a procurar o sentido da vida.

— Isso não leva a lugar nenhum.

— Não pode viver retroativamente. Precisa seguir adiante, ocupando o seu lugar no desenvolvimento de nossa espécie, e então, talvez sobrevenha a morte. Precisa viver tudo o que puder. Viver, comer, amar, sofrer e esperar pela morte.

— Mas não posso fazer essas coisas como os outros homens — eu disse, vestindo o casaco.

— Pode.

— Não, não posso. Porque parece que não posso amar e não posso morrer — eu disse quase chorando.

O médico confortou-me, colocando um braço em volta dos meus ombros.

— Tem certeza disso? Não se sente mais velho do que era?

— É tão difícil saber de verdade o que sinto.

Meus olhos encheram-se de lágrimas.

— Talvez esteja simplesmente destinado a viver sua vida em um ritmo diferente. Seu sofrimento não é tanto pela eternidade, mas pela lentidão. Você vive sob uma sombra maior do que os outros, mas o fim virá com certeza. Tem de vir.

— Mas o que farei até lá?

— Precisa trabalhar e amar. Trabalho e amor. São os únicos guias que temos. Sem eles, a mente adoece.

IX

Queria falar com Cláudia a respeito dessas conversas, mas estava convencido de que ela iria interromper minhas reflexões com sua habitual impaciência. Ficava facilmente irritada com o que chamava de minhas abstrações, e não conseguia entender como eu podia viver do modo que vivia. No entanto, apesar de nossas diferenças, ainda era minha única amiga verdadeira, e foi meu afeto por ela que acabou mudando minha vida para melhor da maneira mais extraordinária. Tanto assim que, pensando naquela época, hoje posso dizer que se houve alguém que cuidou de mim com abnegação, essa pessoa foi Cláudia.

Em uma noite fria, úmida e escura, pouco antes da Páscoa, ela insistiu para que fôssemos assistir a um concerto em que uma amiga dela cantaria a "Lacrimosa". Não estava com a menor vontade de acompanhá-la, principalmente depois de saber que era um trecho de um réquiem. Não queria mais pensar em morte ou ficar perturbado por pensamentos confusos sobre a natureza da eternidade, mas Cláudia insistiu. Só concordei quando compreendi que, depois, poderia finalmente haver uma oportunidade de conversar com ela seriamente a respeito destas coisas.

E assim nos vimos no meio do Stephandom esperando que a orquestra e o coro ocupassem seu interior cavernoso. As pessoas remexiam-se em suas cadeiras, encolhendo-se por causa do frio, e velas crepitavam ao pé de estátuas de mármore.

Finalmente a música começou, enchendo o ar com majestade e firmeza, prosseguindo com uma inevitabilidade grave e natural, como se não tivesse começo ou fim. Cada frase começava antes que a anterior terminasse, e suas harmonias eram construídas com lenta e audaciosa serenidade. Parecia não existir outra música além daquela, como se tivesse sido escrita por um homem que podia fazer qualquer coisa. Cada vez que eu achava que a plenitude e a riqueza da harmonia não poderiam ser mais pungentes ou mais belas, a música evoluía, fácil e naturalmente, em uma dimensão com que eu jamais sonhara. Os baixos cantavam como se não precisassem respirar, os sopranos, como se estivessem bailando com suas vozes, ecoando a fragilidade da humanidade em contraste com o sonoro baixo do mundo, gritando "Eu estou aqui." Sou parte disso. Estou envolvido em tudo isso. Nunca ouvira prazer e dor assim combinados, como se ali estivesse contido tudo o que era humano. Aquilo era completo. Nada poderia ser acrescentado ou retirado.

Quando olhei para Cláudia, seus olhos brilhando à luz das velas, fui dominado por uma tristeza quase inexprimível. Não podia aceitar que aquela música terminasse, que tudo sucumbisse sob o sol.

Sabia que Cláudia haveria de envelhecer e, subitamente, o pensamento me apavorou. Sua vida tinha um ritmo muito diferente do meu. Ela estaria aqui na terra durante pouco tempo. Tentei imaginar como ela seria e, na penumbra, sua pele pareceu enrugar-se. Seu rosto envelheceu, e por um instante parecia ter setenta anos de idade. Fiquei apavorado com a velocidade de minha imaginação, como se, novamente, a realidade estivesse me abandonando e eu fosse mergulhar outra vez em um sonho terrível.

— Em que está pensando? — sussurrou Cláudia.
— Não tem importância.
— Está estranho.
— Estava com medo.

Nada pude fazer além de encará-la.

— De quê?
— Do momento que não dura.
— Nunca dura — ela sussurrou enquanto a música continuava. — Eis a questão. Só é bonito porque é raro.

E pensei que mesmo se Cláudia vivesse uma vida longa, tivesse filhos e finalmente morresse para que outras pudessem viver em seu lugar, nunca haveria novamente alguém como ela, porque este momento nunca seria repetido ou recuperado. Tudo se perde. Apesar da beleza da vida, não importando a segurança e a força com que ela se manifeste, sua transitoriedade contagiou as vidas de todos os que amei.

Ver Cláudia envelhecer, sofrer e morrer era algo que eu não poderia suportar. Ficaria desolado, e não podia, não queria imaginar tal coisa.

O *Dies irae* começou. Nunca ouvira algo tão ameaçador e destrutivo. Tamanha ira e vingança, trovejando pela catedral, enchendo-a de terror.

Não pude tolerar.

Tinha de sair da cidade.

Então, apavorado com meus sentimentos, ansiando pela minha própria morte e, ainda mais, assustado com a idéia da morte de meus amigos, corri para a Berggasse e expliquei ao médico os meus receios.

Parecia não haver outra alternativa a não ser aceitar a oferta que o senhor Fry fizera anos antes, e começar vida nova na Inglaterra. Era a única maneira de preservar a minha sanidade.

O médico sorriu como se tivesse sempre esperado por isso.

— Ainda recusa-se a aceitar a morte.

— Não posso suportar. Sei que estou fugindo das responsabilidades, mas sinto-me dominado pela necessidade de fugir do medo da vida e do terror da morte.

— Mas se viver com medo, então vai morrer todos os dias. Pretende trabalhar?

— A ponto de esquecer de mim mesmo.

— Só quero preveni-lo de que seus medos devem e irão retornar.

— Eu sei. Mas vou me esforçar para proteger-me deles. É tudo que posso fazer.

— Acho que ainda há muito a ser feito antes que você encontre paz. — O médico apertou cordialmente a minha mão.

— Lembre-se, todos nós devemos conhecer nosso lugar no mundo.

Ele garantiu-me que eu poderia voltar sempre para vê-lo em Viena e que, embora estivesse triste por perder-me como paciente, reconhecia (disse isto piscando o olho) que, antes de minha hora chegar, eu sobreviveria a muitos médicos. Também disse que, apesar de seu medo de trens, gostaria de despedir-se de mim na estação, pois estava muito interessado em ver um homem com a minha lentidão ser envolvido pela velocidade do cavalo de ferro.

Só faltava explicar minha decisão a Cláudia.

Bebi um bom gole de conhaque para acalmar-me e toquei a campainha de seu apartamento.

— Quem é? — ela perguntou.

— Sou eu.

Abriu a porta ainda se vestindo.

— Andou bebendo?

— Não — menti. — Tem uma coisa que quero lhe dizer.

— Pode entrar por cinco minutos. — Abriu a porta e deixou-me passar. — Sente-se na cadeira.

Estava encantadoramente pálida, intocada pelo tempo.

— Não precisa me olhar assim. O que você quer?

— Posso beber alguma coisa?

— Não, claro que não. Pode tomar água se estiver com sede.

— Por favor.

Achei que o melhor a fazer seria dizer logo tudo e sair de lá o mais depressa possível.

Não ia ser fácil.

Cláudia encheu um copo de água e olhou para mim, desconfiada.

— Espero que nada tenha feito de absurdo — disse ameaçadoramente. — Parece envergonhado.

Estendeu-me o copo, inclinando-se na minha direção de modo que, por um instante, vi seus seios de relance, perto de meu rosto.

Fechei os olhos.

Acho que nunca me sentira tão desconfortável.

— Então? — perguntou Cláudia.

— Vou para a Inglaterra — eu disse, com a voz embargada.

— Ah...

Não tinha como voltar atrás.

Eu dissera aquilo.

A verdade recém-dita encheu o embaraçoso silêncio entre nós.

— Por quanto tempo?

— Não sei.

Cláudia parecia chocada.

— Por que quer ir embora? Está cansado da sua vida neste lugar?

— Não, não é isso exatamente...

— Está cansado de mim?

— Não, não, definitivamente não...

— De nossa vida?

— Não. Não é isso.

— Então por que quer partir?

Como explicar?

— Sinto que não conheço suficientemente o mundo. Tenho muito o que aprender. Acredito que o senhor Fry possa me orientar, e ajudar-me a me livrar do medo.

— Do que tem medo?

— Além de você?

— Não seja tolo.

— Você sabe de que coisas tenho medo.

— Sei.

Tantos silêncios, como se não pudéssemos dizer mais nada sem magoar o outro.

Olhei para baixo e vi os pés de Cláudia descalços. As solas estavam enrugadas, como as marcas deixadas na areia pela maré vazante.

Velhice.

— Tem certeza de que precisa fazer isto? — ela disse, finalmente.

— Tenho.

— E quando vai embora?

— Na semana que vem.

— Bem, então, se já está decidido...

— Está. Sinto muito.

— Não é da minha conta. A vida é sua — acrescentou bruscamente.

Não conseguia entendê-la. De repente parecia não se importar.

— É melhor ir embora.

— É.

— Boa noite — eu disse, mas Cláudia agora estava olhando pela janela, além do telhado do teatro lírico, para longe, muito longe, para a escuridão do céu.

Parti no Domingo de Ramos, e a cidade estava coberta de neve. A estação de trem estava apinhada, os trilhos, limpos, e nada havia que impedisse que eu e Pedro atravessássemos uma Europa gélida para começar vida nova na Inglaterra.

O médico tratou de encontrar carregadores para a minha bagagem, adquirindo um engradado em que Pedro era obrigado a viajar. Num gesto particularmente gentil, trouxe-nos uma manta de viagem como presente de despedida.

Cláudia usava chapéu e um casaco de pele e, pouco à vontade, ficou na plataforma batendo os pés para afastar o frio. Ainda posso ver o vapor saindo da sua boca enquanto falava, a fúria em seus olhos verdes, as linhas vermelhas e enrugadas de seus lábios.

— Bem — disse ela por fim —, então isto é um adeus.

Estendeu-me a mão. Foi um gesto muito frio, depois de tudo que passáramos juntos.

— Vou sentir sua falta — eu disse, beijando-lhe a mão enluvada. — Nunca poderei agradecer-lhe o suficiente pelo que fez por mim.

— Eu também preciso agradecer-lhe. Você voltará?

— Não gosto de voltar — eu disse, pensando no México. — Nunca é a mesma coisa.

— Então não nos veremos mais?

— Venha visitar-me na Inglaterra — eu disse, no tom mais animado que pude.

— Talvez. — Não parecia convencida, e deixou cair a mão.

Olhamos um para o outro em silêncio. Compartilháramos tanto companheirismo que era impossível acreditar que havia terminado.

— Sinto vê-lo partir. Você acertou a minha vida.

— Você foi uma verdadeira amiga — afirmei, abraçando-a calorosamente. — Tem sido como uma irmã para mim.

Ela engoliu em seco.

— Sim — disse. — Imagino que pense assim.

Eu mal conseguia ouvir suas palavras, e nossos corpos, juntos, pareciam desajeitados. Alguma coisa estava errada. Cláudia não me olhava nos olhos.

— O que quer dizer? — perguntei.

— Nada, nada. De qualquer maneira, nosso amor nunca teria sobrevivido... — disse ela rapidamente, como se logo depois tivesse se arrependido do que dissera.

— Nosso amor? — perguntei, deixando cair as mãos. — O que quer dizer com "nosso amor"?

— Não percebeu?

— O que deveria ter percebido?

— Que eu o amava.

— Meu Deus — gritei. — Mas você me deixava falar, falar, falar...

— Fazia parte de amar você.

— E guardou silêncio durante cinco anos?

— Sim.

— E o Gustav?

— Ele é meu patrão. Não o amo.

— É tarde demais para nós?

— É. Por isso estou lhe dizendo agora.

— Por que não disse antes?
— Precisava explicar?
— Sim, claro — eu disse. — Sabe como sou lento. Como deixei de perceber o que se passava entre nós?
— Venha — disse o médico, caminhando em nossa direção, vindo do vagão de bagagem. — Você precisa embarcar.

Cláudia ajoelhou-se e segurou a cabeça de Pedro.
— Tome conta dele — ela disse para aquele amado galgo. — Seu dono não sobrevive sozinho.
— Sempre me lembrarei de você — eu disse.
— E eu de você — ela respondeu, levantando-se outra vez. — Pelo menos, aprendi a amar novamente.

O médico levou Pedro e colocou-o em um pequeno engradado especial para a viagem de trem.
— Era realmente amor? — perguntei.
— Acho que sim. Nós nos conhecíamos. Sentíamo-nos seguros um com o outro. Estávamos protegidos. Era mais que desejo.

Abracei Cláudia e apertei-a contra mim, mas seu corpo estava rígido, como se não quisesse me tocar. Não conseguia acreditar que não percebera o que estava diante de mim. Será que estava destinado a passar a vida ignorando as verdades que me cercavam?
— Acha que não sei o que é o amor? — perguntei.
— Não posso saber o que você pensa. Só sei o que me parece ser verdade. — Novamente, não conseguia olhar-me nos olhos. — Pela primeira vez na vida sentia-me segura.
— Então devo ficar?
— Não. Agora é tarde.
— Posso mudar de idéia.
— Não — ela disse com tristeza. — Não acho que seria certo. Amo mais do que sou amada.

Então parou, como se não pudesse mais se conter.

— Nem pensou em me pedir... — disse rapidamente, com a voz embargada — ...para ir com você...

O guarda tocou o apito. As portas do vagão começaram a se fechar. Pensei: quantos passageiros neste trem estariam assustados com a jornada à sua frente, relutantes em abandonar seu passado e sua segurança?

O vapor nos envolvia. O vento soprava os cabelos de Cláudia em seu rosto. Ela apertava o lenço, como se estivesse zangada consigo mesma e com o vento.

— Você precisa ir.

Ela começou a chorar.

— Tente ser feliz — eu disse, abraçando seus ombros novamente.

— Se fosse assim tão fácil.

— Pode ser mais fácil do que imagina.

— Não, acho que não. Não acho que seja.

— Nunca a esquecerei.

— E eu sempre o amarei — disse Cláudia com tristeza —, mesmo sendo você a pessoa mais egoísta que já conheci.

— Vamos — o médico chamou novamente.

X

Passei dez anos na Inglaterra. Embora o senhor Fry tenha se tornado um velho, sua empresa espalhara-se pelas ruas de Bristol. A cada ano, cortiços eram adaptados e transformavam-se em novos prédios para abrigar a torrefação, a seleção, a trituração e a compressão das sementes de cacau, e produzir sua famosa invenção. Juntos, aprimoramos ainda mais o processo da fabricação, misturando e enrolando o chocolate em uma máquina para reduzir o tamanho de suas partículas e conferir-lhe maciez, agitando a mistura para a frente e para trás, às vezes durante setenta e duas horas ininterruptas.

Era um processo complexo e delicado. Para assegurar a uniformidade da cor e da textura, o senhor Fry e os filhos haviam descoberto que era necessário recozer o chocolate. Isto era obtido aumentando-se a temperatura da massa até quarenta e seis graus e depois reduzindo-a lentamente, despejando-a em uma grande tigela de gelo para que a natureza cristalina da gordura pudesse ser quebrada. Então aquecíamos a mistura novamente durante um minuto, no máximo, até que a temperatura chegasse a trinta e um graus e, finalmente, produzisse um chocolate duro e maravilhosamente brilhante.

— A temperatura é tudo — observou o velho senhor Fry, olhando-me seriamente. — E sabe por quê?

— Não.

— Porque o ponto de fusão do chocolate é ligeiramente inferior à temperatura do corpo humano. É por isso que se dissolve na boca imediatamente. Nunca se esqueça da temperatura, Diego — continuou, como se a cadeira de professor de chocolate tivesse sido criada e ele fosse a primeira pessoa a ocupá-la. — Sabor, temperatura e textura são as coisas mais importantes nesta criação.

Então, todos os dias, depois do serviço matinal na fábrica, o senhor Fry e eu provávamos o chocolate juntos, como se fosse um substituto da comunhão cristã que eu abandonara. Depois de alguns meses, podíamos avaliar o chocolate apenas com um toque, mas nós o submetíamos ao mais rigoroso exame, usando luvas brancas e mantendo um copo de água gelada ao nosso lado, para preservar a acuidade de nosso paladar.

Assim, desenvolvemos o melhor método para avaliarmos nossa criação.

Primeiro examinávamos o chocolate com os olhos, verificando a cor. Tinha que estar inteiramente uniforme, sem manchas. Então testávamos o "estalo". Porque o chocolate devia partir-se com o ruído seco de um pedaço de casca de árvore sendo quebrado. Finalmente, púnhamos as amostras na boca e cronometrávamos o tempo que levava para derreter.

Nossa avaliação era um processo lento e saboroso, no qual examinávamos o paladar, cronometrando quanto tempo durava o sabor. Quanto melhor o chocolate, mais tempo permanecia.

Aprendi tanto com o senhor Fry que quase tornei-me inglês. Sabia quando e por quanto tempo ficar em silêncio, conter as emoções, guardar minhas opiniões e até mesmo vestir roupas de *tweed* pouco práticas e desconfortáveis. Ele era realmente meu benfeitor — ensinou-me as duradouras leis da amizade e que a vida, embora pareça longa, é, na verdade, um breve instante, e que um dia seremos julgados, não por uma entidade divina, mas pela perspectiva ainda mais assustadora de nosso próprio ser envelhecido.

— Amizade e respeito — disse o senhor Fry. — Siga estes ideais e morrerá um homem feliz.

Então parou, como se lhe ocorresse um pensamento inesperado.

— Porque devemos morrer como vivemos. Pense em um vaso azul repleto de anêmonas. Veja como mudam em tão pouco tempo. Veja como as flores se abrem, florescem e definham.

Parecia que ele estava a ponto de chorar.

— Morrem de modo tão belo. É assim que temos de partir deste mundo quando chegar nossa hora, do modo mais natural e digno possível.

Algumas pessoas têm uma aura, como se as trivialidades da existência cotidiana raramente as incomodassem. Hesito em usar a palavra "santo", mas acredito que o senhor Fry era um desses homens.

E no entanto...

Depois de eu ter passado uns dez anos a seu serviço, o senhor Fry ficou cego e sua saúde começou a se deteriorar. Incapaz de continuar a trabalhar em seu utópico sonho de restaurar o centro da cidade, foi ficando cada vez mais fraco. Eu sabia que ele iria morrer, mas não podia aceitar esta inevitabilidade, e sentia-me novamente oprimido pelos medos que me assaltaram na catedral, ao lado de Cláudia. Simplesmente não podia suportar a perspectiva da sua morte iminente.

Ficaria sozinho outra vez.

O pensamento encheu-me de pavor.

Precisava livrar-me daquela sensação.

E assim, começou outro momento na minha vida do qual sinto apenas embaraço e vergonha.

Quanto mais pensava no meu passado, mais terrível me parecia o modo como me comportara. Não conseguia encarar as verdades da vida. Não conseguia enfrentá-las, como Cláudia o fizera. Inconstante, egoísta, voluntarioso e quase sempre bêbado, não encontrava nenhuma justificativa para a extensão da minha existência.

Entrando novamente em outro de meus sombrios desesperos, procurava apenas mais uma fuga das realidades da vida. Afastado da influência paternal do senhor Fry, minha imaginação, meus sonhos e, devo confessar, minha idéia fixa passaram a dominar cada fibra do meu ser.

Comecei a jogar.

Toda noite saía arrastando-me da fábrica e me reunia a um grupo de jogadores de cartas em um café perto das docas, em Bristol. Pôquer, uíste, *bridge* e *gin rummy*. Bebia vinho do Porto e juntava-me a todo tipo de gente enquanto arriscávamos nossa sorte nas mesas de jogo.

Sabia que isto era errado e que a doutrina *quaker* proibia especificamente essa atividade, por considerar amoral lucrar com as perdas de outra pessoa, mas estava desesperado para fugir da mortalidade de meus amigos e da extensão de minha eternidade. A negligência tornara-se meu credo. O dinheiro não era problema, e vivia cada dia como se fosse o último.

Depois de um considerável sucesso inicial, comecei a apostar em tudo: quanto tempo uma mulher levaria para atravessar a rua, a previsão de chuva nos três dias seguintes ou a probabilidade de a rainha Vitória viver mais um ano. Era a única coisa que me estimulava, e via cada situação como um risco, vivendo em um perpétuo estado de "e agora?"

Embora sofresse pesadas perdas na mesa de jogo, estava convencido de que sempre poderia recuperar mais dinheiro ainda. De certo modo, eu era invencível, pois eu sobreviveria a qualquer um que jogasse contra mim. Esta longevidade dava-me uma confiança e uma audácia que impressionavam todos que me viam jogar.

Mas, com o aumento de minhas dívidas, vi-me obrigado a pedir dinheiro emprestado a um outro jogador, o senhor Sid "Nariz" Green, um londrino robusto que parecia gostar de me ajudar. Era um homem prático com gostos espalhafatosos, apreciando particularmente coletes amarelos, sem um pingo de insegurança e com a voz mais estrondosa que já ouvi. Ofereceu-me todas as linhas de crédito de que precisasse.

No início, "Nariz" parecia não se preocupar com as grandes quantias que me emprestava (com juros de 25% ao ano) e só começou a cobrar seu dinheiro com veemência quando precisou de uma grande soma para investir em um novo negócio. Então, uma noite, depois de um jogo de pôquer particularmente difícil no qual não previ um *royal flush* de um adversário, meu credor inclinou-se e murmurou no meu ouvido: "Preciso que devolva quatrocentas libras até segunda-feira."

— O quê? — gritei, e depois passei a sussurrar. — Sabe que não posso saldar uma dívida dessas.

— Não pode haver atraso.

— Não tenho dinheiro para pagar — sibilei.

— Então, na melhor das hipóteses, será a prisão ou, na pior, a vingança.

— Mas você é meu amigo.

— Um homem de negócios não tem amigos.

— O senhor Fry é meu amigo — retruquei.

— Aquele filantropo moribundo? Não me faça rir.

— Não posso pagar o que devo.
— Então deverá fazer a única coisa que lhe resta para salvar-se de uma vida de pobreza e desespero.
— E o que é?
— Tem de me entregar o seu galgo.
— O quê?
— Ele tem passadas longas e deve sair-se bem nas corridas de trezentas jardas. Pode ser o vencedor inesperado de que preciso.
— Do que está falando?
— Corrida, meu caro espanhol. Corrida de galgos. Seu cachorro pode ser ótimo nas pistas.

Fiquei espantado com a opinião de Nariz a respeito das perspectivas de Pedro, mas não podia aceitar ganhar dinheiro com a participação de meu cão em corridas. Mas também não podia evitar o triste fato da minha dívida.

Teria de concordar com a exigência de Nariz. Então, relutantemente, cheio de angústia, levei Pedro para uma série de longas corridas pelas colinas nos arredores de Bristol. Pensei em tudo o que compartilháramos, no longo tempo que vivêramos juntos e no bom amigo que ele fora. Novamente pedia-lhe para salvar a minha vida.

Era estranho ver o modo como ele era observado. Comprei-lhe uma roupa especial e os transeuntes admiravam sua forma esguia e comentavam que parecia ser um "um bom corredor".

Eu estava orgulhoso. Quando o ganhei era apenas um cachorrinho. Agora era elegante, gracioso e parecia ser eterno, envelhecendo ainda mais devagar do que eu, talvez um décimo da velocidade com que eu envelhecia porque, enquanto as pessoas achavam que eu tinha entre quarenta e cinqüenta anos, supunham que Pedro tivesse uns oito ou nove.

Então, chegou o grande dia.

— Precisamos mudar o nome dele, é claro — disse o senhor Green quando chegamos à pista de corridas. — Não pode chamar-se apenas Pedro. É um nome muito curto.

— Que nome sugere?

— Spanish Lady.

— Pedro não é fêmea.

Isto fê-lo hesitar.

— O quê?

— Não reparou?

— Não, claro que não. Só o vi correr à distância, caçando coelhos no bosque.

— Que tal Spanish Gold? — sugeri.

— Muito bom — respondeu. — Você está começando a pegar o jeito. Aposte dez libras nele e, se ele ganhar, seu empréstimo estará pago. Até empresto-lhe o dinheiro — acrescentou num sussurro em tom de conspiração.

— Não pegarei mais dinheiro emprestado com você — eu disse com determinação.

Tinha decidido que, a partir de agora, não importando quanto durasse a minha vida, não iria beber, nem jogar, num viver de crédito, porque estas três coisas eram os maiores motivos da nossa infelicidade na terra.

No entanto, quantas vezes prometera a mesma coisa e, logo depois, quebrara minhas promessas?

Enquanto a excitação aumentava, deram a Pedro uma roupa de corrida verde e vermelha e um cirurgião-veterinário o examinou, pondo-lhe uma focinheira. Isto não era comum para Pedro, mas garantiram-me que era para impedir mordidas durante a corrida (um tipo de falta de esportividade à qual, tinha certeza, Pedro era imune).

Todos os cachorros desfilaram diante do público e depois, foram levados do cercado para a linha de largada.

Pedro olhou-me muito desconfiado quando o colocaram na baia. Talvez aquilo o fizesse lembrar da longa viagem de trem, na qual viera de Viena em um engradado. Estava ressentido por estar confinado, principalmente por ter sido privado de companhia canina por tanto tempo, e agora negarem-lhe a oportunidade de brincar com os outros cinco galgos que iriam competir com ele: Fleet of Foot, Gothic Knight, Mercury Breeze, Sweet-Toothed Parisian e Jackpot Glory.

A corrida estava para começar e o ar de janeiro estava cheio de frio, tensão e o consolo excitante de uma garrafa de uísque. Fiquei ao lado de um americano grandalhão vestido de terno que fumava um charuto Corona-Corona.

— Você tem um cachorro na corrida? — perguntou.

— Tenho.

— Apostei em Sweet-Toothed Parisian. Ela está arremetendo contra a porta há algum tempo e é ótima para correr nesta categoria.

— Acho que Spanish Gold deve ganhar — eu disse, com hesitação, mas antes que o americano pudesse responder, um tiro foi disparado, as baias se abriram e os cachorros começaram a perseguir uma lebre artificial, montada sobre patins de roda e puxada por um molinete.

Os cães aproximaram-se da primeira curva num frenesi, as cabeças baixas, as costas elevadas e os rabos balançando furiosamente. Podia ver Pedro retesando cada músculo enquanto a falsa lebre corria à frente.

— Vai, Pedro, vai! — gritei. — Vamos, Spanish Gold!

— Pega o coelhinho! — gritava o senhor Green.

Depois de três curvas os cães estavam muito juntos uns dos outros, mas Pedro disparou, livrando-se repentinamente da matilha, e correu com as mais majestosas passadas jamais dadas por um cão, cruzando a linha de chegada com um movimento gracioso que deixou assombrados todos que o viram. Não havia dúvida de que era o melhor cão da corrida e, de fato, continuou correndo, caçando a lebre até o fim da polia, determinado a destruí-la.

— Que cachorro! — gritou o senhor Green, enquanto me batia nas costas. — Ganhei uma fortuna. Você devia ter me ouvido.

— Espero agora poder tê-lo de volta.

— Certamente que não. Ele ainda tem muito o que correr. Eu o inscrevi para outra corrida dentro de meia hora. Prepare-o.

— O seu cachorro é muito bom — disse o americano com o charuto. — Acho que vou apostar nele na próxima corrida.

— Não, por favor — eu disse. — Não gostaria que perdesse.

Temia por Pedro, e não gostei de ver que começara a suar profusamente.

Após secá-lo com uma toalha, esfreguei um pouco de óleo de marta por baixo de seu casaco e dei-lhe um pouco de água fresca.

Ele estava muito ofegante e seus olhos haviam perdido o brilho. Como poderia correr novamente? Precisava descansar, e olhou para mim pedindo ajuda.

O senhor Green estava obstinado.

— Joguei cinco libras nele — disse. — Você pode passar a ter lucro se ele ganhar novamente.

— Acho que ele não tem energia — retruquei.

— Bobagem — respondeu o senhor Green.

— Veja. Ele está exausto.

— Quantos anos tem o seu cachorro? — perguntou o americano.

— Não sei — respondi sinceramente.

— Ele tem de correr — disse o senhor Green. — Ele está com apostas altas e o dinheiro está chovendo.

— Preciso fazer isso? — perguntei.

— Sim, se não quiser ir para a prisão.

Minha cabeça estava confusa, mas parecia que a única saída era pôr Pedro novamente na baia.

Sua vida também estava fadada a repetir-se. As baias foram abertas, a multidão exultou e os cães saíram correndo.

Pedro ficou encurralado na primeira curva. Na segunda, estavam tão juntos que era difícil distingui-los, e Pedro retesava cada tendão, cabeça com cabeça com Sammy's Day. Emparelhados, passada por passada, respiração por respiração, o par corria em direção à linha de chegada. Era impossível dizer qual deles venceria, tão desesperados estavam para ganhar o prêmio. Às vezes Sammy's Day adiantava-se, cabeça baixa, determinado, mas ao se aproximarem da última curva, Pedro virou bruscamente para a esquerda, ganhando a parte inteira da pista, respirando com força e aumentando a velocidade. Quando se aproximaram da linha de chegada, Pedro, com um último esforço pareceu decolar e deixar a terra. Seu corpo esticou-se como se nunca tivesse sido tão longo, pulando sobre a linha de chegada como se não fosse aterrissar novamente, perseguindo a lebre que desaparecia.

A multidão estava enlouquecida de excitação, aplaudindo a façanha de Pedro, que agia como se pudesse correr para sempre. Creio que jamais alguém viu um cachorro correr tão depressa ou com tanta coragem, mas enquanto Pedro dava outra volta na pista, intrigado com desaparecimento da falsa lebre, e parecendo sentir-se obrigado a completar a volta de honra, uma dor aguda o atacou.

Desesperado para continuar mas incapaz de fazê-lo, deu corajosamente mais umas quinze ou dezesseis passadas até que, finalmente, como se não houvesse mais ar em seus pulmões, deitou-se de lado, arquejando, ansiando não só por ar, mas pela própria vida.

Fiquei aterrorizado.

Abrindo caminho à força por entre a multidão ululante, corri pela pista e precipitei-me sobre seu corpo enfraquecido.

— Pedro — gritei.

A multidão acotovelava-se ao meu redor.

— Deixem-me em paz — gritei, olhando para aquela forma arquejante aos meus pés. — Deixem-me sozinho com meu cachorro.

O americano ofereceu-lhe chocolate, como se fosse algum tipo de restaurador miraculoso.

Pedro lambeu, indeciso, olhando para mim como se quisesse orientação, desconfiado de ato tão generoso. Parecia uma criança de sete anos, com todo seu amor e fé depositados em mim.

— Eu sinto muito — disse o americano. — Ele deu tudo o que podia por você.

Falei como se estivesse sonhando:

— Ele era meu único amigo. Era tudo que eu tinha no mundo.

— Eu sei.

Embalei Pedro no meu colo. O americano balançava a cabeça.

— Tenho a impressão de que o conheci a vida inteira...

— Eu sei... eu sei... — O homem abaixou-se e deu um beijo na cabeça de Pedro. — Mas está na hora de deixá-lo partir.

Nada mais restava a fazer a não ser esperar que Pedro parasse de respirar. Ele me olhou como se me oferecesse um perdão infinito. Exaurido pela vida, talvez agora, finalmente, encontrasse consolo na morte. E estava pronto para despedir-se.

Com certeza, aquilo era o início do fim para nós dois.

Então.

Finalmente.

Tudo acabou.

Levantei-me, embalando Pedro em meus braços, sem nunca ter sentido tamanho vazio. Olhando para o céu que escurecia, eu queria uivar de tristeza. Não sabia mais onde estava ou o que fazia, e senti-me perplexo. Era como se eu tivesse vivido mil anos, dos quais nem um dia tivesse contado ou feito diferença. Um muro de isolamento me cercava. A multidão dispersou-se, e saí do estádio sozinho, carregando o corpo do único amigo que ficara comigo através dos séculos, como se fosse o filho que eu nunca tive.

Caminhei pelas colinas de Bristol e cavei a sepultura de Pedro, fazendo-a tão profunda, espaçosa e macia quanto pude. Quando estava vivo, era muito difícil erguê-lo e segurá-lo; ele jamais gostara de ser carregado, e agora que eu tinha o seu corpo sem vida em minhas mãos, pude entender por que resistira a tamanha dependência.

Não podia suportar colocá-lo na sepultura, cobri-lo com terra e abandoná-lo ali. Senti o seu corpo frio em minhas mãos.

Recordei-me de todo o longo tempo que passáramos juntos. Lembrei-me de que ficáramos lado a lado, incapazes de nos mover, diante do túmulo de Ignácia. Parecia, agora, uma lembrança tão distante!... Tanta coisa ocorrera em nossas vidas desde aquela terrível descoberta. No entanto, estas duas mortes uniam-se agora para formar uma nítida sensação de perda, uma intolerável ausência de amor.

Diante do túmulo de Pedro, comecei a chorar.

Fora privado de minha vida.

Então, aquilo era a morte.

Era intolerável.

Concluí que não podia mais ficar na cidade, pois todos os lugares faziam-me lembrar dos tempos felizes que ali compartilhara com Pedro.

Despedi-me do senhor Fry e, livre das minhas dívidas com o senhor Green, embarquei em um trem para Londres. Pensei que lá poderia abandonar todas as minhas aventuras e tentar a séria e sensata profissão de banqueiro.

Era o dia sete de maio de mil novecentos e seis.

Imagine o meu assombro, portanto, quando me vi no trem sentado em frente ao americano que presenciara minha desgraça na pista de corridas.

— Senhor — eu disse. — Estou encantado por vê-lo novamente.

— O prazer é meu, embora lamente ver que as marcas da tristeza ainda lhe pesam.

— Pesam, mas encontrá-lo alivia meu sofrimento, embora duvide que algum dia ele irá desaparecer. O que o traz a este trem?

— Preciso cuidar de negócios em Londres antes de voltar para os Estados Unidos.

Eu sabia que era considerado grosseiro perguntar a um homem a respeito de seus negócios, e eu não conseguia pensar em outra coisa para dizer. Ficamos sentados em silêncio enquanto o verde dos prados ingleses desfilava diante de nós.

— Sabe — disse o homem —, tenho uma dívida com o senhor.

— Não tenho devedores — respondi.

— Quero dizer, uma dívida de idéias...

— Acho que está enganado.

— Na verdade, senhor, não estou.

Embora o homem tivesse uma cara simpática, parecia relutante, quase nervoso, em continuar nossa conversa.

— Vejo que prefere que eu não fale — disse ele. — Devo deixá-lo com a sua dor.

— Não — eu disse, rapidamente. — Peço-lhe que fique. Necessito de companhia e sempre tive medo de ficar sozinho.

— Somos todos sós — disse ele, sombrio. — Precisamos ter coragem.

Pensei em perguntar-lhe se era *quaker*, mas parei, cansado demais para um debate moral.

— Há uma coisa que preciso dizer — continuou o americano.

Minha atenção voltou para o presente.

— Uma coisa para a qual preciso de sua permissão — disse ele.

— O que é? Peça o que quiser e, se for possível, terei muito prazer em atendê-lo porque sempre me lembrarei de sua gentileza para com meu cachorro.

— É sobre o seu cachorro que preciso lhe falar. Ele pôs a mão no bolso e tirou um pequeno pedacinho de chocolate, que pôs na mesa.

— Este chocolate é da barra que dei para seu cachorro quando ele estava morrendo. Veja — prosseguiu.

De repente, lembrei-me do molde de chocolate que tirara do mamilo de Cláudia.

— Tem uma forma estranha — eu disse com cautela.

— É a marca da última lambida de seu cachorro.

— É verdade.

— Acho que deveria ser preservada — disse ele.

— Como?

— Farei um chocolate com essa forma.

— O senhor faz chocolates?

— Na verdade eu faço, sim, e sei que trabalhou com o senhor Fry e é especialista no assunto. Confesso que o tenho seguido nos últimos dias. Fiquei sabendo dos seus planos e gostaria de oferecer-lhe um emprego na minha empresa.

— Isto vem tão de repente, senhor — respondi. — Está falando sério?

— Nunca falei tão sério. Mais cedo ou mais tarde haverá uma guerra na Europa e é melhor que o senhor, como estrangeiro, saia da Inglaterra. Venha trabalhar comigo em minha fábrica.

— Vai fazer chocolates com esta forma? — perguntei.

— A lembrança de Pedro será preservada para sempre. Farei os melhores tabletes de chocolate que jamais foram feitos, sólidos na base, estreitos na ponta.

— Então, senhor, terá minha eterna gratidão. Por favor, faça este chocolate. Sua compaixão pelo meu cachorro ficará para sempre em minha lembrança. O afago de sua mão, aquele último beijo.

— Um beijo — disse o americano em voz baixa.

Então, enquanto o trem corria em direção a Londres, contamos um para o outro a história de nossas vidas.

Meu novo companheiro morava em uma grande cidade da Pensilvânia dedicada ao chocolate. Possuía uma indústria de laticínios e uma fazenda de mil e duzentos acres, onde eu seria alojado e alimentado de acordo com minha condição social. Deu-me, então, uma carta para as autoridades de imigração e disse-me para embarcar no *Mauretania* no mês seguinte. Teria muito prazer em providenciar meu novo emprego. Eu trabalharia em sua fábrica e, finalmente, seria feliz, porque é no trabalho, ele acreditava, que se encontra a verdadeira definição do objetivo e da identidade de um homem.

Embora estivesse encantado por conseguir um emprego, parecia bom demais para ser verdade. Havia aprendido a desconfiar de tais perspectivas, pois ainda me parecia que, fossem quais fossem as promessas, tentações e gentilezas que aparecessem nesta minha vida longa e incerta, sempre haveria armadilhas, enganos e falsas seduções no meu caminho.

Depois de passar por Londres, caminhei pela praia em Tilbury, onde pensei mais uma vez sobre meu futuro. Nuvens pesadas formavam-se em volta do fraco fulgor do pôr-do-sol e uma densa neblina começou a avançar do mar em direção ao rio Tâmisa.

Peguei algumas conchas e pensei mais uma vez na duração de minha vida, sua lentidão em contraste com a acelerada mortalidade de meus amigos.

Se minha vida fosse um rio, pensei, então meu passado ficava corredeira acima, fluindo dali até perder-se no mar. Mas a maré estava mudando. O Tâmisa estava repleto de remoinhos e estranhas correntezas, como se o futuro do mar fosse o seu encontro com o rio do passado. Naquele momento exato da mudança da maré, era como se tudo estivesse contido em um único momento conflituoso, e que nada em minha vida era apenas passado, presente ou futuro. Tudo era um contínuo fluir.

Um cometa resplandeceu ao longe.

Será que ainda estaria vivo quando ele passasse novamente pela Terra?

XI

Depois de pagar seis libras para viajar na terceira classe do *Mauretania*, vi-me dividindo a cabine com cinco homens turbulentos, que fumavam e escarravam copiosamente. Isto estava longe do ideal, e durante os dias seguintes procurei evitá-los sempre que possível, fazendo incursões secretas e solitárias pelos conveses superiores.

O navio era uma cidade flutuante, pesava cerca de trinta e três mil toneladas e abrigava mais de dois mil passageiros e oitocentos tripulantes. Tinha salão de baile, piscina, restaurantes e uma sala italiana para fumantes, tudo espalhado por cinco conveses, ligados por uma grande escada.

Não pude deixar de me lembrar da minha primeira travessia do Atlântico, sentindo falta de Isabella, navegando durante mais de um mês, receoso do meu futuro e encantado por meu desejo. Como essas preocupações agora pareciam pequenas, como esses sonhos estavam distantes. Aquele passado realmente me pertencia? Tais lembranças têm algum sentido? Passara tanto tempo desorientado que me perguntava mais uma vez se estivera ausente de minha própria vida.

A viagem durou sete dias. Consegui evitar a tentação de jogar na segunda e terceira classes e aventurava-me freqüentemente em passeios pelo convés superior, num dos quais acabei ouvindo alguém me descrever como "o homem que passeia sozinho".

Havia tanta gente: cavalheiros jogando malha, crianças nadando na piscina e várias senhoras com cachorrinhos.

Um dia de manhã fiquei horas olhando um menino empinar uma pipa sobre o oceano.

Parecia tão simples e tão atemporal.

Pensei nos sons das palavras *kite* em inglês e *Ewigkeit* em alemão: pipa e eternidade.

Na última noite, enquanto observava os ricos comensais dirigirem-se para o restaurante principal, antegozando a sopa de Chantilly, a rabada ou a galantina de frango, encontrei por acaso duas mulheres que haviam observado meu *paseo* vespertino. Estavam visivelmente intrigadas com minha conduta.

— Está perdido? — perguntou a mais alta das duas.

— Na vida ou neste navio? — perguntei, distraído.

— Tanto faz — respondeu a mais alta.

— Ou em ambos os casos — disse a mais baixa. — Parece tão só.

— Buscava silêncio e solidão...

— Bem, então não vamos incomodá-lo...

— Não, não, fico feliz com a companhia — disse rapidamente.

As mulheres possuíam uma reconfortante aura de gentileza.

— Então, por favor, jante conosco. O senhor tem um ar desprendido, embora atraente — insistiu a mulher mais alta.

— Não sei se me é permitido juntar-me às senhoras.

— Bobagem — insistiu a mais baixa. — Jantamos com quem nos agradar. — Fitou-me com severidade e acrescentou: — E agrada-nos a idéia de jantar com o senhor.

— Muito bem — respondi. — Ficarei encantado.

As mulheres não podiam ser mais diferentes. A mulher alta e esbelta vestia um exótico traje oriental e um chapéu-sino puxado para a testa. A mais baixa usava o cabelo curto e vestia um quimono comprido com um pesado cordão chinês de lazurita.

— Somos a senhorita Toklas e a senhorita Stein — disse a mais baixa. — Ou Pussy e Lovey, como chamamos uma à outra.

— Embora o senhor não possa fazê-lo — disse a mulher mais magra, que imaginei ser a senhorita Toklas.

— Estou encantado em conhecê-las — respondi enquanto o garçom empurrava minha cadeira.

Pedimos a comida e as mulheres deleitaram-se com os pastéis de cogumelo, os arenques na aveia e os *blinis* de caviar oferecidos.

— Muito apetitosos — disse a senhorita Stein.

— Isto está delicioso — comentou a senhorita Toklas.

— Pussy coleciona menus. Ela é uma cozinheira maravilhosa, não é, meu querubim? Deliciosos ovos cozidos com creme *chantilly*, trufas e vinho Madeira. Omelete de fígado de galinha com seis ovos e conhaque. Tudo que faz é extremamente delicioso.

— Não continue, gorducha — respondeu a senhorita Toklas.

— Também me chama de "Montinho de Gordura" — disse a senhorita Stein. — É como ela me chama. E Alice é minha mulher-lagosta.

— Não contarei para ninguém — eu disse e sorri.

— Você não parece feliz — observou a senhorita Stein, pousando o guardanapo sobre a mesa como se o comentário fosse a coisa mais natural do mundo.

— Levo uma vida agitada — respondi.

— Já amou alguma vez?

— Faz perguntas muito pessoais, madame.

— São as únicas interessantes.

— Então tentarei respondê-las.
— Diga-me, por favor.
— Foi há muito tempo.
— E foi feliz?
— Com certeza fui.
— Então deve voltar. Voltar para quando foi feliz e recomeçar.
— Não sei se posso.
— O tempo passa e as pessoas dizem que devemos viver no presente, mas acredito que só podemos nos definir através do amor.

Resmunguei. Mais uma pessoa dizia-me para procurar a felicidade no amor e no trabalho. Se fosse assim tão simples.

— De nada vale a mortalidade se não puder resistir ao desgaste do verdadeiro desejo — declarou a senhorita Stein.
— É terrível pensar nisso — estremeci.
— Você já parou de pensar o suficiente para sentir? — perguntou a senhorita Toklas.
— Amar é viver por alguém — disse a senhorita Stein.

Era evidente que aquelas mulheres estavam decididas a chegar ao âmago das questões e que eu não poderia escapar de suas perguntas apenas com cortesia.

O prato principal foi servido.

Eu escolhera pombo com castanhas e repolho; a senhorita Toklas comeu uma torta de coelho, enquanto a senhorita Stein começou a provar a lagosta com molho de manteiga.

Pouco a pouco, enquanto a refeição prosseguia, uma calma extraordinária me envolveu, algo parecido com o lento prazer do chocolate, uma paz suave e inesperada. De repente percebi que poderia confiar minha vida àquelas mulheres. Então, quando pediram pela segunda vez que eu contasse minha história, senti que não poderia recusar.

Levei uma hora para contá-la. Outros pensariam que quanto mais eu falava, mais louco parecia, mas aquelas mulheres ouviram atentamente, do princípio ao fim, e com compaixão.

— Contos tristes são melhores no inverno — disse a senhorita Stein quando eu terminei minha história.

— No entanto, sinto que minha vida nunca acabará — murmurei.

— Sinto muito dizer, mas a solução é simples — afirmou a senhorita Toklas. — Ou você se mata ou volta para o lugar onde pode encontrar o amor.

— Já tentei as duas coisas — disse com tristeza.

— Parece que você vive em um contínuo presente e que a sua vida é um hino à repetição, um círculo vicioso — observou a senhorita Stein. — Repetição. Repetição — seus pensamentos vagavam. — Estamos condenados a repetir nossas vidas e nossos erros até nos aperfeiçoarmos.

— Só o que aperfeiçoei foi o chocolate.

— Mas isso não é pouco.

A senhorita Toklas olhou-me com severidade.

— E como o aperfeiçoou? Amando-o. Cuidando dele. Precisa fazer o mesmo com a vida.

— Mesmo quando ela me entedia?

— É quando precisa de mais cuidados — concluiu a senhorita Toklas.

— Lembre-se do vulcão que escalou no México — disse a senhorita Stein. — Parecia morto. Vazio. Esgotado. Você escalou sua encosta. Viu a grande cidade à sua frente. Pode ter sido destruída, mas agora está lá novamente. O vulcão pode entrar em erupção a qualquer momento; pode irromper para a vida. Atiçar as chamas. Entrar em erupção novamente. Você tem estado adormecido por tempo demais.

Ela apertou minha mão com força, com uma desesperada insistência.

— Veja sua lava. Sinta o calor. Seja o vulcão. Irrompa para a vida.

O garçom nos olhava.

— Gostariam de uma sobremesa? — perguntou. — Temos uma musse de chocolate excelente.

— Como é preparada? — perguntei.

— Alice sabe fazer um creme batido muito bom, com ovos, manteiga, chocolate, açúcar, creme e Cointreau — anunciou Stein rapidamente, como se nossa conversa não tivesse passado de um breve instante.

— As nossas são feitas com café e são tão leves e cremosas que desmancham na boca — explicou o garçom.

— E como as adornam? — perguntou a senhorita Toklas desconfiada.

O garçom não queria ser enredado.

— São decoradas com rosas feitas de creme batido e folhas de chocolate.

As mulheres sorriram para mim, como se estivessem divertindo-se com esta competição culinária, e senti, pela primeira vez na vida, que realmente fazia parte de uma família.

— Vocês utilizam uísque ou Armagnac na musse? — perguntei.

— Ambos precisam ter pelo menos dez anos, mas eu prefiro Armagnac — respondeu o garçom solenemente. — Embora algumas vezes adicionemos banana e rum.

— O segredo está na maneira de bater as claras — observou a senhorita Toklas.

— Concordo inteiramente — interrompi. — As pontas precisam ficar leves e fofas mas o centro, firme e areado.

— Acho que a minha favorita é uma musse de chocolate com calda de maracujá e creme de framboesa — disse a senhorita Toklas.

— Não sei — disse a senhorita Stein, recostando-se na cadeira. — Uma musse é uma musse é uma musse.

Olhei para a rosa na mesa, entre nós, e nada disse.

De repente a senhorita Stein estendeu o braço, agarrou minha mão e olhou-me nos olhos.

— Diga que ama. Ame o que você ama. Viva com o que ama.

Eu não sabia o que responder.

— Estamos cansadas — a senhorita Toklas disse para o garçom. — Tomaremos o café no quarto.

O garçom fez uma curvatura e retirou-se.

— Preciso deixá-las — eu disse, hesitante.

Ia ficar sozinho mais uma vez.

— Foi muito agradável. — A senhorita Toklas estendeu a mão para que eu a beijasse.

— Nunca me esquecerei de vocês — eu disse, e era verdade. Acho que nunca vira tamanho amor entre duas pessoas.

— Repita, repita — disse a senhorita Stein. — Volte, volte.

Inclinei-me para beijá-la, mas ela fez um gesto para que eu partisse.

— Você precisa ir. Voltar para quando foi feliz pela última vez. Voltar para o México.

Levantei-me da mesa e caminhei entre os comensais remanescentes, agarrados aos seus conhaques e Portos para enfrentar seus medos e terrores.

Quando cheguei à porta, virei-me para olhar pela última vez a mulherzinha sábia e sua etérea companheira.

— Obrigado — eu disse com simplicidade.

A senhorita Stein sorriu e disse tristemente:
— Ame se amar. Viva se amar. Ame se viver.

O *Mauretania* entrou no porto de Nova York na noite seguinte. Multidões de imigrantes corriam para o convés para ter a primeira visão da imponente arquitetura diante deles: tanto tijolo, ferro e aço, e tudo tão notável, tão solene e tão ousado. Se antes eu achava as montanhas e as *sierras* humilhantes e assustadoras, agora espantava-me o fato de que a humanidade tivesse encontrado maneiras de competir com o meio ambiente, desafiando a sua grandeza com a própria ambição. Era como se tivesse sido criada uma nova escala de vida, na qual os edifícios se elevariam cada vez mais e a humanidade, inadvertidamente, e no pináculo da sua realização, tornar-se-ia cada vez mais insignificante, diminuída por sua própria criação. Agora navegávamos em meio a uma frota de barquinhos que vendiam água, aves, bananas e rum enquanto os passageiros observavam a terra à sua frente, soltando gritos de "*Statua Liberta, Statua Liberta*". Era o Quatro de Julho, e os fogos de artifício iluminavam o céu, enchendo o ar de esperança e expectativa.* Aqueles que, como eu, viajaram na terceira classe, foram transportados em uma barca para Ellis Island, e ali levados até um prédio escuro e cavernoso e enfileirados para a inspeção.

Foi uma experiência humilhante. Homens e mulheres eram separados, as famílias, dispersadas, e a espera parecia interminável. O ambiente cheirava a doença. Crianças e adultos choravam de medo e ansiedade, ou olhavam, deprimidos, para os corredores escuros, presos no limbo entre chegada e partida.

Os guardas pediam para nos despirmos, e nossas roupas eram levadas para a fumigação. Algumas pessoas tinham o corpo mar-

---

*Dia da Independência dos Estados Unidos.

cado a giz com letras do alfabeto, caso houvesse suspeita de que tinham o coração fraco, hérnia, infecção sexual ou alguma doença mental. Depois que tomei um banho e recebi uma identificação com meu nome, examinaram meus olhos para ver se eu tinha catarata, conjuntivite ou tracoma; minhas partes íntimas foram examinadas minuciosamente em busca de sinais de doenças sexualmente transmissíveis, e meu pulmão foi inspecionado com um estetoscópio frio, o médico batendo em meu tórax como um pica-pau.

Apesar de todas as minhas aventuras, agora eu não parecia ter mais controle sobre o meu destino do que em minhas primeiras viagens. Porque eu, Diego de Godoy, notário do imperador Carlos V, que cruzara o Atlântico pela primeira vez como um glamouroso conquistador, estava agora reduzido à condição de trabalhador imigrante esperando na fila para uma entrevista.

Foi uma luta difícil porque, embora a carta do meu benfeitor me desse uma vantagem, os funcionários perguntavam-se por que um espanhol quase na idade de se aposentar (acho que me tomaram por um homem de uns cinqüenta e seis anos) seria indispensável para uma empresa tão grande.

— Por que eles querem você, galego?
— Galego?
— Responda à pergunta.
— Eu sei alguma coisa sobre chocolate...

Haviam me dito para não aborrecer aqueles funcionários, por mais irritantes que fossem, porque eles controlavam os destinos de milhares de pessoas e podiam mudar o futuro de um homem num piscar de olhos.

— Você pensa que o povo americano precisa de um galego como você para nos falar sobre chocolate? — continuou o homem.
— Meu benfeitor crê que sim.

— Qual é o seu nome?
— Diego de Godoy.
— Idade?
— Uns cinqüenta. Acho.
— É casado?
— Não.
— Qual é a sua ocupação ou profissão?
— Notário. Não. Fabricante de chocolate.
— Vou anotar "confeiteiro". Sabe escrever?
— Sei.
— Alguma vez já esteve na prisão ou num asilo, num manicômio, ou viveu de caridade? — continuou o homem.
— Não — menti.
— Você é polígamo?
— Não.
Pelo menos achava que não era.
— Você é anarquista?
— Não.
— Você acredita ou defende a derrubada do governo americano pela força?
— Não.
— Você é inválido ou aleijado?
— Não.
— País de nascimento?
— Espanha.
— Cidade?
— Sevilha.
O homem encarou-me por um instante. Seria preso como algum tipo de impostor?
— Então, pode ir — disse o funcionário da imigração de repente e, pareceu-me, de maneira arbitrária.

Até hoje nunca fui capaz de prever o mau humor inexplicável dos homens nos postos de fronteira. O funcionário chegou a gritar para mim, num tom amigável:

— Não se esqueça de me mandar umas barras quando chegar lá.

— Com certeza — gritei-lhe em resposta.

Já começara a falar americano.

Três dias depois eu estava diante dos portões da fábrica, na Pensilvânia.

O complexo fora construído em um terreno rural de cento e cinqüenta acres e estendia-se até onde a vista alcançava. Aquilo não era simplesmente o centro comunitário da cidade de Joseph Fry, mas uma experiência de paraíso terrestre onde lar e trabalho se interligavam.

A cidade era dedicada ao chocolate, com duas avenidas principais chamadas Chocolate e Cacau, numa clara alusão à sua importância; e com ruas chamadas Java e Caracas, Areba e Granada, era impossível fugir ao fato de que o estranho grão que encontrara com Ignácia agora era responsável pelo sustento de toda uma comunidade.

Havia casas com jardins e quintais, vasos sanitários que davam descarga, chuveiros que vertiam água; e parecia haver um espaço igual para todos. Minha impressão foi de ter entrado em uma estranha e fantástica utopia na qual a ameaça da morte fora eliminada.

Contudo, a fábrica para a produção de chocolate era indiscutivelmente real. Ali havia máquinas para ferver, misturar, esfriar, rolar, extrair, moldar, cortar, cobrir e alisar. Havia equipamentos dos quais nunca ouvira falar: um moinho misturador triplo, um refinador e um controlador de temperatura. Havia máquinas para modelar, misturadores de massa, rolos e máquinas para embalar;

secadores, torradeiras, refrigeradores, máquinas para cristalizar, condensadores de leite e recheadores de pó.

Mulheres de toucas e vestidos brancos sentavam-se atrás de baterias de panelas e diferentes tipos de caixas, fazendo chocolate de todas as formas que eu podia imaginar. Cada estágio do processo envolvia centenas de pessoas: limpando e classificando, assando, misturando, moendo, amassando, refinando, moldando, temperando, modelando, esfriando, embalando e despachando.

Era uma verdadeira Camelot do chocolate.

Mas o gosto era muito estranho. O leite era fervido em baixa temperatura, a vácuo, e produzia um gosto coalhado: azedo, desconhecido e, no entanto, com o aromático cheiro dos baldes de leite da fazenda em Viena. Isto não preocupava meu benfeitor americano, que estava convencido de que podia vender essa estonteante criação "em cada lojinha de desconto, da Pensilvânia ao Oregon", mas me deixou preocupado, principalmente quando fui designado para o cargo de diretor do controle de qualidade.

No início fiquei horrorizado. Decidido a recusar o cargo, pois não podia suportar o gosto da barra de chocolate, afirmei, da maneira mais diplomática possível, que meus talentos serviam para outra coisa. Preferiria inspecionar os grãos originais que chegavam em nosso armazém, verificando a qualidade de cada um para assegurar que, qualquer que fosse a receita, o produto final seria do mais alto padrão possível.

Meu benfeitor, embora surpreso com a minha insistência a este respeito, concordou quando lhe garanti que a qualidade do chocolate depende da qualidade das sementes originais. E embora não me importasse muito com o que ele fazia com o cacau depois que chegava, eu sabia reconhecer uma boa semente quando a via e orgulho-me de dizer que, no meu primeiro ano de trabalho, produzimos mais de quarenta e cinco toneladas de chocolate.

Eu tinha, é claro, outro motivo para desejar passar tanto tempo inspecionando os grãos, porque a maior parte do cacau que usávamos era fornecida por uma certa fazenda no México.

Será que a minha vida, finalmente, poderia dar uma volta completa?

Cada vez que selecionava amostras ou as esmagava em um pilão para verificar a qualidade, meus sonhos retornavam e minha mente era novamente dominada pela lembrança de Ignácia.

Via-me como uma criança, no alto de uma árvore na floresta, e ela, como uma velha fazendo chocolate na clareira onde nos conhecêramos e nos amáramos pela primeira vez.

Ela pegou um cálice de chocolate e começou a bebê-lo com um sorriso estranho.

Um fogo imenso erguia-se sobre a floresta, avançando em direção à cabana.

Eu podia sentir o calor das chamas que se aproximavam. Uma cacofonia de vozes distantes estremecia ao vento e na escuridão, aumentando de volume à medida que se aproximava de meus ouvidos.

Quien bien ama tarde olvida. O novo amor, o verdadeiro amor, o velho amor, o frio amor. *Zwei Seelen und ein Gedanke. Vous pleurez des larmes de sang?* Duas almas com um único pensamento. *Liebchen, Liebchen.* Querida. *Querido mio.* O amor não conhece inverno. *J'aime mieux ma mie, au gué, j'aime mieux ma mie. Das Leben ist die Liebe.* O verdadeiro amor não enferruja com a idade. Até mesmo o belo deve morrer. *Tout passe, tout casse, tout lasse.*

O fogo varreu a floresta, cegando-me, as vozes aumentando e gritando, até queimar-me por dentro, rasgando minhas entranhas, purificando-me com seu poder abrasador, antes de afastar-se como uma tempestade passageira, deixando apenas a paisagem enegrecida.

No entanto, Ignácia ainda estava de pé fora da cabana, esperando por mim, cercada pelo negrume e pela devastação.

Seus olhos estavam cheios de tristeza.

Sabia que não podia mais viver sem ela. Naquele momento, o amor para mim representava a consciência da solidão, a necessidade de ser completo. *Al cabo de los años mil, torna el agua a su cubil.* Ao cabo de mil anos, a água volta para seu barril. Sempre voltamos para os antigos amores. Eu a verei novamente, *amor mio; mis amores.*

Ainda no sonho, caí da árvore, batendo no chão, e acordei tremendo terrivelmente, como se fosse de novo um menino, sozinho depois da morte de minha mãe.

Então, talvez mais lúcido do que jamais estivera, soube com certeza que, acontecesse o que acontecesse, nunca teria paz até voltar outra vez ao túmulo de Ignácia. Não conseguia acreditar que pudesse sonhar tão vividamente ou que as emoções que senti não tivessem valor quando estava acordado.

Comecei até mesmo a pensar que ela ainda estaria viva: uma presença real, uma lembrança tangível. Meu coração não aceitava a possibilidade de sua ausência. Precisava voltar ao México outra vez, mesmo que para morar junto ao túmulo. Não podia mais suportar esta longa existência de saudade e desespero.

Comecei a economizar o máximo possível, decidido a partir logo que pudesse para procurar novamente a mulher que amarei para sempre.

— Macacos me mordam — disse meu benfeitor, sorrindo bondosamente quando lhe contei minhas intenções. — Por que deseja ir para lá agora?

— Para fazer o que é certo. Para resgatar minha história.
— Você quer encontrar aquela moça?
— Quero.
— Depois de tanto tempo?
— Nunca serei feliz longe dela.
— Tem certeza?
— Nunca tive tanta certeza em minha vida.
— Nunca ouvi nada mais absurdo...
— Ou, espero, mais verdadeiro.

Parei um instante, sem saber se deveria continuar. Aquele homem fora tão generoso comigo.

— Não posso agradecer-lhe o suficiente por sua bondade — continuei.
— Bem, você me deu a grande idéia.
— Não eu, o meu cachorro.
— Ah, é! Seu cachorro, Deus o abençoe.

Estendi os braços e aquele homem, grande como um urso, abraçou-me como se eu fosse o filho que ele nunca tivera.

— Não creio que possa viver sozinho novamente — prossegui.
— Acho que só compreendemos o amor quando o perdemos. Se podemos encontrá-lo novamente, então não existe felicidade maior — disse meu protetor com um sorriso.
— Conheci muita gente em minha vida, experimentei a esperança e o pesar. Tentei lembrar-me dos fatos que me transformaram e das crenças às quais me mantive fiel. E sei agora que, apesar de ter desfrutado a amizade e provado o desejo, só amei uma vez. Preciso encontrar novamente esse amor.

Meu benfeitor pegou minha mão e apertou-a calorosamente pela última vez.

— Você é o próprio cavaleiro da triste figura. Merece encontrar sua Dulcinéia.

XII

Viajei em um transe desesperado, de trem e de barco, em vagões e a pé, por Washington, Charlotte, Atlanta, Montgomery, Nova Orleans e San Antonio até chegar a Laredo e cruzar a fronteira para o México. Ali comprei um cavalo e percorri as vastas terras da *Sierra Madre* e continuei através de Salamanca, Celaya e Acámbaro. Toda uma série de cidades desvairadas, enevoadas na lembrança, exatamente como se estivesse viajando em direção a Chiapas muitos séculos antes, como se minha jornada nunca terminasse, até que finalmente cheguei à fazenda onde vira Ignácia pela última vez.

Muita coisa mudara, mas quando vi as sementes de cacau e senti o calor do sol no meu rosto, foi como se os quatrocentos anos que transcorreram desde que aqui estivera pela última vez não tivessem existido. Caminhei novamente à sombra das densas copas das árvores e senti a maciez do solo fértil sob os meus pés.

Algumas áreas haviam sido cercadas e eram patrulhadas por ameaçadores guardas de segurança com grandes bigodes e por cães ferozes. Ao ver esses animais, pensei novamente em Pedro. Como fora meigo, dócil e fiel.

Talvez por lembrar-me dele ocorreu a mais estranha coincidência, pois vi ao longe um cão de pêlo escuro que tinha uma fantástica semelhança com Pedro.

Quanto mais me aproximava, maior a semelhança.

Comecei a correr em direção ao cão.

Pensando tratar-se de um jogo, o cachorro corria cada vez mais para longe, e em pouco tempo estávamos perseguindo um ao outro pelos campos e trilhas, através da densa vegetação e pelo campo aberto, até que acabamos chegando, ofegantes e exaustos, a um vasto campo de papoulas.

— Pedro? — gritei.

O cachorro hesitou por um instante mas depois correu, ultrapassando um grupo de mulheres que faziam marcas profundas nos brotos de papoula.

— Espere! — gritou uma das mulheres, mas eu continuei correndo até ouvir a súbita aproximação de alguém atrás de mim. Antes que pudesse me virar para ver quem me seguia, fui jogado ao chão e minhas mãos foram puxadas para as costas.

Um revólver foi apontado para a minha cabeça e fui saudado com as palavras:

— Pronto para morrer?

— Quem é você? — perguntou outro homem. — Por que está aqui?

— Pensei que tinha encontrado meu cachorro. Ele estava perdido.

— Não minta para mim, desgraçado.

— É verdade.

— O que está fazendo neste campo?

— Não me machuque.

— Responda à minha pergunta.

Não tinha outra opção exceto ser honesto, pois meu passado ensinara-me que, por mais fantástica que seja a minha história, mais invenções só agravariam os meus problemas.

— Estou procurando uma mulher chamada Ignácia.

— Quem? — gritou um dos homens, apertando nas minhas costas o que parecia ser outro revólver.

Era impossível discutir com alguém que eu não podia ver e com um rosto grudado no chão.

— Ignácia.

— Conhece alguma mulher chamada Ignácia? — ouvi um perguntar para o outro.

— Não tem nenhuma Ignácia aqui.

Senti um golpe na cabeça.

— Levanta.

Fui erguido.

Um dos homens tinha a cabeça raspada e um ar feroz. O outro tinha, se isso era possível e eu não estava sofrendo a desesperada ilusão do otimismo, um jeito mais gentil, e mascava uma grande folha verde que manchava seus dentes.

— Ela não está aqui — disse o mais selvagem dos dois.

— Está atrás do cachorro errado e da mulher errada.

— Não está indo bem, desgraçado.

— Sinto muito.

— Você sabe que esta é a fazenda do Carlos — continuou o careca. Um segundo revólver brilhava no seu bolso.

— Não, não sabia.

— E sabe o que acontece com a ralé que acha que pode conseguir um pouco de heroína de graça?

— Heroína?

— Heroína.

Mais uma vez o homem me tomava por um lunático, mas eu já aprendera que o silêncio era a melhor atitude para evitar uma reação adversa.

— Neve — continuou o homem — pozinho, droga, compreende?

Eu ainda não estava entendendo.

— Chame como quiser — disse o homem.

— Eu só segui o cachorro — comecei.

— De onde você é?

— Espanha.

— Sério? — disse o homem dos dentes manchados.

— É uma longa história. Vocês não acreditariam em mim.

— Tente.

Respirei fundo. A história da minha vida. Novamente.

— É sobre uma mulher.

— A tal da Ignácia.

— Eu não a vejo há muito tempo e levei uma eternidade para perceber que a amo e que não posso viver sem ela.

— Quando você a viu pela última vez?

— Há muitos anos.

— E veio da Espanha para encontrá-la? Como ela é?

Olhei para as mulheres que trabalhavam nos campos. Será que alguma poderia ser ela?

— Como ninguém no mundo — respondi finalmente.

— Feia ou bonita? — perguntou o mais agressivo.

— Ela é linda.

— Deve ter ido embora — disse o guarda pensativo.

— Quiauhxochitl. Esse era o nome dela, há muito tempo — eu disse, baixinho.

— Quiauhxochitl? — repetiu o mais agressivo. — Não é o nome daquela *malinchista* da cantina?

— Acho que não.

Meu coração deu um salto. Poderia estar viva depois de tudo?

— Você quer dizer que há uma mulher chamada Quiauhxochitl na cantina?

— Acho que sim.

— Tem uns cinqüenta anos, cabelo comprido castanho e olhos cor de âmbar escuro?

— Ela mesma.

Meu coração parou.

Virei-me desesperadamente para o homem mais gentil, esperando solidariedade.

— Ela não faz o melhor chocolate que você já provou?

— Não sou muito chegado a chocolate.

— Preciso vê-la.

— Não, nada feito. Não pode. Você tem de ir embora e nunca mais voltar.

— Não! Eu preciso vê-la.

— Sem barganhas, cara. Você é um sortudo filho-da-mãe. Vamos deixar você ir embora.

— Por favor. Deixem-me vê-la — implorei, aproximando-me deles.

— Suma da minha frente.

Teria chegado tão longe para desistir agora, com Ignácia tão perto e mesmo assim tão inatingível?

— Sylvester, por favor. Não fale assim com o cavalheiro — interrompeu o segundo homem, antes de explicar-me as coisas de modo mais gentil. — Você tem que ir embora agora sem mais perguntas. Estamos com pena de você porque falou de amor...

— E porque nos livrarmos do seu corpo seria um aborrecimento considerável para nós.

Eu estava desesperado.

Minha vida dependia do resultado daquela conversa.

— Deixe-me só pegar umas papoulas e dar para ela.

— Você está louco?

— Veja — eu disse, reunindo toda a minha emoção, em uma única frase desesperada, como se fosse a última coisa que diria nesta terra. — Acho que vocês não entenderam. Isto é amor. É mais importante do que qualquer coisa no mundo. Isto me define. É tudo que tenho e tudo que quero. Se não puder vê-la, prefiro acabar com a minha vida agora. Atirem em mim se não puder vê-la. Atirem logo e deixem-me morrer em vez de suportar o tormento de nunca mais ver o meu amor.

Os homens estavam em silêncio.

— A remoção do corpo seria um problema — disse o mais forte.

— Cavarei a minha própria sepultura para vocês — continuei. — Mas, antes, deixem-me ver se é realmente ela.

Os homens me encararam.

— Vocês gostam de jogar? — perguntei, desesperado, lembrando-me dos meus dias de dissipação na Inglaterra.

Eles se entreolharam.

Continuei falando, dizendo tudo que me vinha à cabeça, ganhando tempo para convencê-los a me deixar ver Ignácia.

— Deixem-me fazer-lhes uma proposta. Se ela me reconhecer, eu vou embora agora e vou viver com ela para sempre.

— E se não o reconhecer?

— Se ela não me reconhecer, vou com vocês até os confins da sua terra. Atravessarei a fronteira. Escreverei um bilhete explicando o meu suicídio. Pegarei emprestado o seu revólver.

— E depois?

— Depois me deitarei numa cova feita com minhas próprias mãos e me matarei.

— Cara, você está louco?

— Nunca falei tão sério. Vocês não perdem. Testemunharão um encontro apaixonado ou uma boa morte.

Eles hesitaram, olhando um para o outro.

— Considerarei o seu silêncio como um consentimento — continuei, caminhando para o campo. — Vou colher um pequeno buquê de papoulas.

— Só as flores. Não toque nos brotos...

— Jamais faria isto.

Os homens ainda estavam imóveis no lugar.

— Ajudem-me — insisti.

Hesitantes, os dois seguranças começaram a colher papoulas ao meu lado. As mulheres continuaram o seu trabalho no campo, ignorando o drama que se desenrolava diante delas.

Colhi um pequeno buquê e os dois homens e o intrigado cachorro (que ficara ao meu lado o tempo todo), acompanharam-me até um prédio baixo.

Senti o pânico crescer dentro de mim.

Seria aquele o momento em que eu e Ignácia nos encontraríamos novamente? Será que devia avisá-la antes de alguma forma? E se ela não me reconhecesse? O encontro poderia ser tão frio e vazio quanto fora, tanto tempo atrás, o decepcionante encontro com Isabella. Se fosse assim, pelo menos o consolo da morte seria um alívio misericordioso.

Pensei no que deveria dizer a ela: que o amor nunca esmorece, que não tem regras e que seu poder é determinado pela força de nosso próprio coração.

Chegamos na cantina da fazenda.

Nervoso ao extremo, empurrei a porta da cozinha e surgiu um mar de aventais brancos, luvas e chapéus em meio a reluzentes equipamentos de aço. Um chocolate escuro girava pelas máquinas à nossa volta, como se estivesse ali durante toda a vida.

Ela estaria mesmo ali?

Ao longe, uma mulher tirou o chapéu e deixou o cabelo castanho cair sobre os ombros.

Não era Ignácia.

Uma segunda mulher me encarou como se eu estivesse interrompendo a mais sagrada das reuniões.

Uma terceira perguntou se poderia me ajudar.

O medo me dominou e meu coração doía tanto com a tensão que fiquei preocupado com a possibilidade de não conseguir ver.

Tentei focalizar mais longe.

Uma mulher vestida de branco caminhava em minha direção.

Seria um sonho?

A mulher tinha uma graça natural, indiferente às preocupações do mundo, enquanto carregava uma bandeja de chocolates que acabara de preparar.

Então ela parou.

Parecia ter uns cinqüenta e cinco anos e mostrava beleza, tristeza e sabedoria, como se tivesse vivido por uma eternidade e aprendido os seus segredos.

Meu Deus.

Ali estava ela, extraordinária e inconfundível, *a mulher que eu amava*.

Ela olhou-me e sorriu, como se estivesse me esperando, como se estivesse se perguntando por que demorara tanto, como se nosso encontro fosse a coisa mais natural do mundo.

Olhamo-nos através de todos os anos de separação, através de nossos sonhos e de nossos destinos separados.

— *Quien bien ama tarde olvida* — eu disse. Quem ama de verdade demora a esquecer.

Os trabalhadores viraram-se para nós.

Por um instante simplesmente ficamos parados ali, olhando um para o outro, como se tivéssemos feito a mesma coisa durante séculos, entorpecidos pelo amor.

— Sinto muito por tudo que eu era quando estive aqui pela primeira vez — comecei finalmente —, e por tudo que fiz.

Ela olhou para o chão, subitamente tímida, e depois para cima, os olhos cheios de lágrimas, olhando para além de mim, para longe: para o passado e para o futuro.

Eu não podia parar agora.

— Arrependo-me pelos anos que passamos separados, os anos em que eu não soube o que era o amor. E não sei como pude passar tanto tempo sem você.

A maquinaria de fazer chocolate girava ao nosso redor como uma constelação perdida.

Finalmente ela falou.

— *Querido. Querido mio.*

— *Querida.*

Caminhamos um para o outro e nos beijamos.

Os empregados irromperam em aplausos e nós choramos silenciosamente, agarrados um ao outro como se nunca mais fôssemos nos separar. Queria que o tempo parasse e, se isso acontecesse, teria sido capaz de suportar a eternidade, perdido para sempre naquele momento.

Finalmente Ignácia murmurou:

— Saio do trabalho às duas horas. Espere por mim em minha casa. Se quiser…

— Como vou encontrá-la?

— Felipe mostrará para você.

— Felipe?

— Meu cachorro.

— Como posso esperar tanto tempo, agora que a encontrei?
— Vai parecer curto. Acredite em mim.
— Sempre — eu disse, e olhei para os seguranças por cima do ombro dela.
— Está livre, cara — disse o mais truculento.
— O amor traz a sua própria recompensa — acrescentou o companheiro.

Como passei aquele tempo, em que sabia ter encontrado meu amor mas ainda não podia estar com ela?

Resolvi preparar um banquete para comemorar nosso reencontro: uma refeição plena, em homenagem ao nosso antigo amor. Um banquete de lembranças e desejo.

Então fui ao mercado.

As pessoas preparavam-se para o Dia de Finados e o mercado estava cheio de esqueletos. As crianças mordiam crânios feitos de açúcar, cadáveres de papel machê brindavam com tequila e esqueletos vestidos de toureiro descansavam encostados em altares de madonas douradas repletos de pães, flores, velas e frutas. Uma mãe-esqueleto dava à luz um bebê-esqueleto auxiliada por um médico-esqueleto. Era um mundo em que as pessoas encaravam a morte de frente, cheio de barulho e cor, calor e poeira, flores e sangue.

Topei com cenas familiares, vistas quatrocentos anos antes. Ao observar o rosto das pessoas nas barracas repletas de laranjas, abacaxis, limas e limões; galinhas, perdizes, codornas e perus, via os fantasmas de seus antepassados. Mudaram tão pouco. Homens robustos e mulheres corpulentas postavam-se diante de pilhas de bananas-da-terra, abóboras e mamões. Uma mulher elegante sentada atrás de uma mesa de ervas vendia não só canela, anis e coentro, mas também todo tipo de chile — ancho, mulato, pasilla, chipolte, guajillo e cascabel. Duas senhoras despejaram *chocolate caliente,* que batiam girando um *molinillo* de madeira entre as palmas das mãos. Um homem comia um punhado de gafanhotos, enquanto outro punha cocos para secar ao sol.

Mais uma vez eu estava deslumbrado com a abundância. Pães coloridos — *rosca de reyes* e *pan de muerto* — esperavam para serem comprados, dispostos em *panaderías* fartamente abastecidas. Grupos de homens fumavam e bebiam limonada, chá de flor vermelha de azeda-miúda, pulque feito com seiva de agave fermentada, *agua miel,* e suco de laranja fresco. Havia *enchiladas* e *enfrijoladas, tortillas* de carneiro no vapor recheadas com queijo, e atum com pimenta vermelha tostada. Parei em uma barraca que vendia trinta espécies diferentes de *mole poblano,* e fiquei espantado ao lembrar quanto tempo fazia que eu provara aquela iguaria pela primeira vez. Naquela época, parecera o mais íntimo e o mais belo momento de minha vida e não podia imaginar ninguém mais conhecendo ou compartilhando aquelas coisas. Mas agora todas aquelas delícias estavam disponíveis para qualquer um que quisesse prová-las.

E senti que minha própria vida teria de abrir-se da mesma maneira. Não poderia haver mais segredos nem hesitações. Teria de declarar e permanecer fiel ao meu amor.

Estava dominado por um desejo urgente de dizer tudo para Ignácia, cozinhar e comer, compartilhar, finalmente, nossos corpos, mais cheios de amor que de luxúria. Queria conversar calma e ternamente, revelando os segredos dos anos em que estivéramos separados. Seria lento, gentil e generoso, enquanto saboreássemos nossa comida e depois nossa própria carne, novamente juntos.

Mas, aquele não era o momento para divagações. Tinha pouco tempo, e fui lançado de volta à realidade pela tarefa que tinha à minha frente.

Precisava preparar a refeição perfeita. Qual seria?

Ignácia voltaria para casa às duas horas. Seria impossível criar alguma coisa demorada ou complicada, como o peixe marinado com limão e coentro, ou mesmo a lebre selvagem ao molho de chocolate criada por Antônio.

Comecei a pegar os ingredientes básicos de que precisava com um pânico cada vez maior.

Será que me acalmaria à medida que fosse em frente?

Não.

Seria a pior maneira de proceder. Será que eu tinha passado todos aqueles anos aperfeiçoando as minhas habilidades para abandonar agora as noções de planejamento, cuidado e paciência, os elementos mais básicos que fundamentavam toda a habilidade culinária?

Então tive uma idéia.

Em vez de um banquete magistral, não seria melhor preparar uma série de pequenos pratos, pequenas delícias que podiam ser preparadas para Ignácia provar à vontade, saboreando cada gosto e cada tempero?

Então peguei anis e abacate; chiles, canela e chouriço; alho, gengibre, pimentas, abóboras, ervilhas e mamões; camarões, vieiras, limas, mangas e milho, e voltei para a casa de Ignácia carregando tantas coisas boas que cambaleava sob o peso da carga.

— Casa — disse para Felipe, o cachorro — Casa.

Ele me levou até uma casinha de adobe com persianas azuis no fim de uma ruela estreita. Cheio de ansiedade, abri a porta da casa de Ignácia e deixei as compras no chão.

Havia quatro pequenos cômodos: um aposento amarelo-claro com uma esteira de junco, cadeiras, tapetes, quadros e painéis de tecido, pequenos santuários de cerâmica e objetos comemorativos do

Dia de Finados: esqueletos de padres, bispos, soldados, juízes, toureiros e anjos, todos feitos de argila pintada. Havia uma árvore da vida, uma miniatura de roda-gigante, uma série de animais em cerâmica vitrificada e até mesmo uma caixa com um casal jurando eterno amor: *Hasta que la muerte los separe.*

Então fui até a cozinha azulejada, repleta de pratos, tigelas vitrificadas, canecas para *atole*, utensílios e um fogão a lenha acima do qual estava escrito *Mi casa es su casa*. Havia uma pequena área para banho e um quarto onde procurei, com medo e ciúme, sinais da presença de algum homem.

Estava claro que, pelo menos neste momento de sua vida, Ignácia vivia só, e com algum conforto, bem distante da choupana queimada que vira em meus sonhos.

Teria de trabalhar depressa para criar a quantidade de iguarias que imaginara, e comecei preparando duas sopas diferentes: vermicelli e gaspacho. Arrumei o pão que comprara em um tabuleiro raso de madeira. Então dourei um pouco de bacalhau com cebolinha caramelizada, lula grelhada, e cozinhei no vapor as vieiras com gengibre. Marinei as codornas com alecrim, louro e alho, e pus *guacamole* entre as crostas das batatas tostadas com páprica. Pimentões verdes recheados com um molho de nozes foram colocados em pratos verde-escuros com *quesadillas* de abóbora. Enchi uma pequena panela de barro com um escaldante ensopado de chouriço, regado com xerez e coentro. Então, arrumei as vasilhas com os pêssegos, figos e morangos, e preparei um creme de manga com amêndoas. O aposento encheu-se do aroma da comida quente que repousava nas vasilhas ao meu redor.

Depois tirei a roupa temendo que Ignácia voltasse para casa e interpretasse mal minha nudez, e mergulhei em um banho frio, refrescando-me do calor do mercado e da cozinha. Então, enxuguei-me. Enquanto esfregava a toalha em volta do pescoço, senti o cheiro de Ignácia outra vez, rosas e lírios do vale, e aspirei o aroma do seu roupão. Tudo que desejava era que esta, finalmente, fosse a minha casa, e que minha vida atribulada encontrasse paz.

Mas, o que Ignácia estaria pensando? Ela parecera tão calma na fazenda. Não podia acreditar que não pensara nas mesmas coisas que eu, mas era incapaz de imaginar como passara todos aqueles anos.

Aflito com a expectativa, mal podia me conter enquanto me vestia. Voltando à cozinha, provei cada receita enquanto os aromas enchiam todo o cômodo, sabendo que nada podia dar errado. Então lembrei-me.

Flores!

Fiz rapidamente um arranjo de papoulas azuis para a mesa de Ignácia e comecei a espalhar pétalas de papoulas pela cama.

Enquanto fazia isso, ouvi o latido de Felipe, e a porta da frente se abriu.

— Diego! — disse Ignácia. — O que está fazendo?

Saí do quarto com as mãos ainda cheias de pétalas.

— Bem-vinda — disse eu, caminhando em sua direção.

Ignácia relutava em falar.

Abaixei-me e acariciei o cachorro.

— Ele se parece tanto com Pedro.

— Tinha de parecer.

— Pedro era seu...?

— Era. Enquanto estávamos na clareira.

— Pedro está...? — ela disse, deixando a pergunta no ar.

— Sim. Morreu em meus braços. — Novamente o silêncio. Aquilo não estava acontecendo como eu imaginara.

— Eu estava cozinhando — eu disse, distraidamente, apontando para as vasilhas em volta.

— Estou vendo. *Antojitos*.

Sorri para ela e coloquei na mesa as pétalas de papoula que estava segurando.

— Ignácia — eu disse em voz baixa, aproximando-me dela.

Seu rosto se contraiu, e ela olhou-me duramente nos olhos, sem fazer nenhum movimento:

— Por que me deixou sozinha durante tanto tempo?

— Eu voltei. Procurei por você, no México e em Chiapas. Pensei que estava morta.

— Como estaria? Pensou que eu iria dar-lhe a bebida sem tomá-la também?

— Mas, e o seu túmulo?

— Deixei-o ali para poder fugir. Era a única coisa que podia fazer. Eles tinham que acreditar que eu estava morta. Você não entendeu isso?

— Levei muito tempo para imaginar o que poderia ter acontecido.

— Não pensou nas coisas que eu lhe disse? "Se você está vivo, então eu também estou viva. Nunca deixe de me procurar."

— Claro, mas o túmulo... Você poderia ter ido para a Espanha.

— Eu fui. Conheci uma mulher horrível, uma cozinheira...

— Silvana.

— É. Ela me contou a história...

— E você viu Isabella...

— Ela não tinha encanto, nenhum amor no coração.

— Então, como não me encontrou?

— Você havia partido para o México. Quando voltei, você estava em Chiapas. Quando cheguei lá, você já havia desaparecido...

— Nunca deixei de amá-la — eu disse em voz baixa.

— Nem eu a você.

— Você se casou?

— Não — ela estava chocada. — Não sou uma *mala mujer*. E você?

— Não...

— Houve outras?

— Ninguém que me fizesse deixar de pensar em você...

— Sei.

— Pensei que estava morta.

Nosso amor sobrevivera a séculos de guerras, acidentes e mal-entendidos, mas Ignácia estava zangada.

— Nunca lhe ocorreu que simular a minha morte era a única maneira de sobrevivermos? Eu lhe disse para confiar em mim. "Ame-me. Nunca me esqueça. Nunca duvide de mim." Lembra-se?

— Lembro-me de tudo. Mas havia tanta devastação. Era a guerra. Não podia imaginar que você fosse tão forte.

— Pensei que o elixir poderia nos ajudar a viver uma vida diferente, independente da história, livres de tudo que pudesse nos escravizar. Pensei que você compreenderia, que você saberia.

— Quantos anos temos? — perguntei.

— Não sei ao certo.

— E morreremos?

— Ah, sim, claro que morreremos. Só que teremos vivido muito mais.

— Quanto tempo ainda temos?

— Não sei. Talvez dez anos...

— Uns cem, então...

— É. Talvez isso.

Ela parecia triste.

— Vai ficar comigo? — perguntei.

— Vamos comer — ela disse. — E conversar. — Não precisamos falar tudo de uma vez só.

Acho que não estávamos com fome, e comemos em silêncio, olhando um para o outro ansiosamente, como se estivéssemos assustados com a felicidade, incapazes de acreditar que estávamos juntos mais uma vez. Estávamos confusos demais para apreciar as *tortillas* e as codornas, os pimentões recheados, o chouriço e as vieiras. Estávamos nervosos demais até para falar.

Então perguntei se poderíamos fazer chocolate juntos mais uma vez.

— Você ainda tem o meu *molinillo?*

— Tenho.

— Pensei que nunca voltaria — ela disse em voz baixa. — Você mudou muito?

— Espero estar mais sábio — respondi. — Tinha medo de voltar mais cedo. Não sabia o suficiente da vida. Eu não entendia o que havia acontecido.

— E você levou todo este tempo?

— Sou muito lento.

Peguei minha bolsa e entreguei o *molinillo* a Ignácia.

— Não importa o que façamos, de agora em diante faremos o nosso chocolate juntos. Aqui, no lugar onde estivemos juntos pela última vez.

— Mostre-me — ela pediu. — Por favor.

Acho que nunca me sentira tão exausto ou tão completo. Era como se todas as preocupações do meu passado pudessem ser descartadas diante da incrível possibilidade de ser feliz que surgia diante de mim.

Caminhamos até o fogo, fervemos o leite com baunilha, pronto para o chocolate, os chiles e a canela. Fiquei atrás de Ignácia, meus braços envolvendo-a, e mexemos juntos o chocolate quente.

— Temos tanta coisa para dizer um ao outro — murmurei.

— Costumava pensar que tínhamos todo o tempo do mundo — respondeu Ignácia.

— Não mais.

— Não, não mais.

Ignácia olhou para trás por cima do ombro e sorriu quando viu que eu me tornara um perito. Mas foi só quando despejamos a mistura que nossas ansiedades começaram a desaparecer e soubemos que tudo agora estaria bem, que não precisávamos mais ficar no mundo sozinhos ou assustados.

Levamos o chocolate para o quarto e o bebemos devagar nas xícaras vermelho-escuras, saboreando o gosto.

Por fim Ignácia deitou-se e nos beijamos, simplesmente, como se fosse a coisa mais natural do mundo.

Começamos a tirar as nossas roupas lentamente, despindo um ao outro.

— Não sou mais jovem — disse Ignácia em voz baixa, assustada, mais hesitante ainda do que quando estivemos juntos pela primeira vez. — Sou tímida.

A persiana de contas balançou suavemente contra a janela.

— Cale-se agora — eu disse, pondo meu dedo em seus lábios.

Seus seios macios se revelaram e, mais uma vez, fiquei impressionado com sua beleza. Finalmente nos deitamos e começamos a nos tocar, cuidadosa e ternamente. As antigas preocupações haviam desaparecido, os passados, perdoados.

Agora eu sabia que o verdadeiro amor existe, não importando quem seja você ou o que tenha feito. Não importa se você teme o futuro ou arrepende-se do passado.

Tudo é possível.

Enquanto estávamos deitados, um estrondo reboou sobre as colinas como uma marimba. Uma banda começou a tocar, pronta para a festa, fogos de artifício explodiram no céu e os sinos da igreja começaram a tocar. Pessoas gritavam ao longe, assobiavam e disparavam pistolas para o alto, urrando o mais alto que podiam como se desafiassem o inevitável silêncio de suas vidas.

O Dia de Finados chegara.

Muito em breve seria a nossa vez de deixar o mundo. Aprenderíamos juntos a amar e depois, finalmente, a morrer.

Mas ainda não.

Não.

Ainda não.

Agradecimentos

Embora esta seja uma obra de ficção, sou imensamente grato a vários livros de não-ficção, principalmente: *The True History of Chocolate*, de Sophie D. Coe e Michael D. Coe; *The Conquest of New Spain*, de Bernal Diaz (no qual o tabelião real, Diego de Godoy, é citado); *Cortés: The Life of the Conqueror by His Secretary*, por Francisco López de Gomara, traduzido e editado por Lesley Byrd Simpson; *Letters from Mexico*, de Hernán Cortés, traduzido e editado por Anthony Pagden; e o relato de Thomas Gage sobre sua visita a Chiapas em *The English-American: His Travel by Land and Sea*.

Excelentes receitas e sábias observações sobre o chocolate podem ser encontradas em: *The Chocolate Bible*, de Christian Teubner; *Chocolate: The Definitive Guide*, de Sarah-Jayne Stanes; *The Chocolate Book*, de Helge Rubinstein; e *The Complete Mexican Cookbook*, de Lourdes Nichols. Para a informação biográfica, sou grato à excelente biografia *The Marquis de Sade — A Life*, de Neil Schaeffer; *Escape from the Bastille: The Life and Legend of Latude*, de Claude Quétel; e o magistral *Citizens*, de Simon Schama. Também foram muito úteis para mim *Freud, Biologist of the Mind*, de Frank J. Sulloway, e *The Interpretation of Dreams*, do próprio Sigmund Freud. Sobre a vida de Gertrude Stein, li não só seu próprio trabalho, mas também o maravilhoso *Gertrude and Alice*, de Diana Souhami. De volta à América, fui imensamente ajudado por *Ellis Island Interviews*, de Peter Morgan Coan, e *The Emperors of Chocolate*, de Joel Glenn Brenner.

Como se isto não bastasse, preciso agradecer também às seguintes pessoas por sua gentileza, tato, conselho e paciência: Juliette Mead, Georgina Brown, Jo Willett, Sue Stuart-Smith, Mark Brickman, Rachel Foster, e minhas filhas Rosie e Charlotte.

Sou grato pelas atenções de meus editores: Nick Sayers em Londres e Sally Kim em Nova York, que mantiveram um equilíbrio construtivo e encorajador entre generosidade e crítica.

Mas três pessoas ajudaram-me especialmente: o escritor Nigel Williams, meu agente David Godwin e minha mulher, Marilyn Imrie.

Jamais poderei agradecer-lhes o suficiente.

Este livro foi composto na tipologia Goudy Old
Style BT, em corpo 11/15, e impresso em papel
Chamois Fine Dunas 80g/m² no Sistema Cameron
da Divisão Gráfica da Distribuidora Record.

Seja um Leitor Preferencial Record
e receba informações sobre nossos lançamentos.
Escreva para
**RP Record
Caixa Postal 23.052
Rio de Janeiro, RJ – CEP 20922-970**
dando seu nome e endereço
e tenha acesso a nossas ofertas especiais.

Válido somente no Brasil.

Ou visite a nossa *home page*:
http://www.record.com.br